U0764204

譯 文 叢 書 插 畫 本

錶

L. 班 台 萊 耶 夫 作
魯 迅 譯
勃 魯 諾 · 孚 克 繪

19·上海譯文社印行·35

譯文叢書插畫本

錶

每册實價四角
外埠酌加寄費

原著者　L. Panteleev

譯者　魯迅

發行者　生活書店
上海福州路

印刷者　生活印刷所

版權所有不准翻印

中華民國二十四年七月初版

中宣會圖雜審委會審查證審字第二〇六一號

譯者的話

“錶”的作者班台萊耶夫 (L. Panteleev)，我不知道他的事迹。所看見的記載，也不過說他原是流浪兒，後來受了教育，成爲出色的作者，且是世界聞名的作者了。 他的作品，德國譯出的有三種：一爲“Schkid”（俄語“陀斯妥也夫斯基學校”的略語），亦名“流浪兒共和國”，是和畢理克(G. Bjelych)合撰的，有五百餘頁之多；一爲“凱普那烏黎的復讎”，我沒有見過；一就是這一篇中篇童話，“錶”。

現在所據的卽是愛因斯坦 (Maria Einstein) 女士的德譯本，一九三〇年在柏林出版的。 卷末原有兩頁編輯者的後記，但因爲不過是對德國孩子們說的話，在到了年紀的中國讀者，是統統知道了的，而這譯本的讀者，恐怕倒是到了年紀的人居多，所以就不再譯在後面了。

當翻譯的時候，給了我極大的幫助的，是日本槇本楠郎的日譯本：“金時計”。 前年十二月，由東京樂浪書院印行。 在那本書上，雖沒有說明他所據的是否原文；但看藤森成吉的話（見"文學評論"創刊號），則似乎也就是德譯本的重譯。 這對於我是更加有利的：可以免得自己多費心機，又可以免得常翻字典。 但兩本也間有不同之處，這里是全照了德譯本的。

"金時計"上有一篇譯者的序言，雖然說的是針對着日本，但也很可以供中國讀者參考的。 譯牠在這里：

"人說，點心和兒童書之多，有如日本的國度，世界上怕未必再有了。 然而，多的是嚇人的壞點心和小本子，至於富有滋養，給人益處的，却實在少得很。 所以一般的人，一說起好點心，就想到西洋的點心，一說起好書，就想到外國的童話了。

"然而，日本現在所讀的外國的童話，幾乎都是舊作品，如將褪的虹霓，如穿舊的衣服，大抵既沒有新的美，也沒有新的樂趣的了。 爲什麼呢？ 因爲大抵是長大了的阿哥阿姊的兒童時代所看過的書，甚至於還是連父母也還沒有生下來，七八十年前所作的，非常之舊的作品。

"雖是舊作品，看了就沒有益，沒有味，那當然也不能說的。 但是，實實在在的留心讀起來，舊的作品中，就只有古時候的"有益"，古時候的"有味"。 這只要把先前的童謠和現在的童謠比較一下看，也就明白了。 總之，舊的作品中，雖有古時候的感覺，感情，情緒和生活，而像現代的新的孩子那樣，以新的眼睛和新的耳朵，來觀察動物，植物和人類的世界者，却是沒有的。

“所以我想，爲了新的孩子們，是一定要給他新作品，使他向着變化不停的新世界，不斷的發榮滋長的。

“由這意思，這一本書想必爲許多人所喜歡。因爲這樣的內容簇新，非常有趣，而且很有名聲的作品，是還沒有紹介一本到日本來的。然而，這原是外國的作品，所以縱使怎樣出色，也總只顯着外國的特色。我希望讀者像遊歷異國一樣，一面鑒賞着這特色，一面懷着涵養廣博的智識，和高尙的情操的心情，來讀這一本書。我想，你們的見聞就會更廣，更深，精神也因此磨鍊出來了。”

還有一篇秋田雨雀的跋，不關什麼緊要，不譯牠了。

譯成中文時，自然也想到中國。十來年前，葉紹鈞先生的“稻草人”是給中國的童話開了一條自己創作的路的。不料此後不但並無蛻變，而且也沒有人追蹤，倒是拚命的在向後轉。看現在新印出來的兒童書，依然是司馬温公敲水缸，依然是岳武穆王脊梁上刺字；甚而至於“仙人下棋”，“山中方七日，世上已千年”；還有“龍文鞭影”裏的故事的白話譯。這些故事的出世的時候，豈但兒童們的父母還沒有出世呢，連高祖父母也沒有出世，那麼，那“有益”和“有味”之處，也就可想而知了。

在開譯以前，自己確曾抱了不小的野心。第一，是要將這樣的嶄新的童話，紹介一點進中國來，以供孩子們的父母，師長，以及教育家，童話作家來參考； 第二，想不用什麽難字，給十歲上下的孩子們也可以看。 但是，一開譯，可就立刻碰到了釘子了，孩子的話，我知道得太少，不夠達出原文的意思來，因此仍然譯得不三不四。 現在只剩了半個野心了，然而也不知道究竟怎麽樣。

還有，雖然不過是童話，譯下去却常有很難下筆的地方。例如譯作“不夠格的”，原文是 defekt，是“不完全”，“有缺點”的意思。日譯本將牠略去了。 現在倘若譯作“不良”，語氣未免太重，所以只得這麽的充一下，然而仍然覺得欠切帖。 又這里譯作“堂表兄弟”的是 Olle，譯作“頭兒”的是 Gannove，查了幾種字典，都找不到這兩個字。 沒法想就只好頭一個據西班牙語，第二個照日譯本，暫時這麽的敷衍着，深望讀者指教，給我還有改正的大運氣。

插畫二十二小幅，是從德譯本複製下來的。 作者孚克(Bruno Fuk)，並不是怎樣知名的畫家，但在二三年前，却常常看見他爲新的作品作畫的，大約還是一個青年罷。

魯迅

錶

彼蒂加·華來德做過的事情，都糊塗得很。

他在市場裏到處的走，什麽都想過了。 他又懊惱，又傷心。他餓了，然而買點喫的東西的錢却是一文也沒有。

無論那里都沒有人會給他一點什麽的。 餓可是越來越厲害。

彼蒂加想偷一件重東西。 沒有弄好。 倒在脊梁上給人敲了一下子。

他逃走了。

他想偷一個小桶。 又倒楣。 他得把這桶立起來，拖着走。

一個胖胖的市場女人忽然給他看見了。 她站在角落裏賣蛋餅。 出色的蛋餅，焦黃，鬆脆，冒着熱氣。 他抖抖的蹩過去。 他不做別的，就只拿了一個蛋餅，嗅了一嗅，就塞在袋子裏面了。也不對那女人說一句求乞的話。安閒地，冷靜地，回轉身就走。

那女人跟了他來。她拍的打了一下。抓住他的肩頭，叫道：

"你偷東西！還我蛋餅！"

"什麼蛋餅？"彼蒂加問着，又想走了。

這時可是已經聚集了一些人。有一個揑住了他的喉嚨。別一個從後面用膝蓋給他一磕。他立刻倒在地上了，於是一頓臭打。

不多久，一大羣人拖他去到警察局。

大家把他交給局長了。

"那是這樣的。我們給您送一個小扒手來了。他撈了一個蛋餅。"

局長很忙碌，沒有工夫。他先不和彼蒂加會面，只命令把他關在拘留所裏面。

照辦了。他就在那里坐着。

拘留所裏，彼蒂加坐在一條不乾淨的，舊的長椅上。他動也不動，只對着窗門。窗是用格子攔起來的。格子外面看見天。天很淸朗，很明淨，而且藍得發亮，像一個水兵的領子。

彼蒂加看定着天空，苦惱的思想在他腦袋裏打旋子。傷心的思想。

"唉唉"！他想。"人生是多麽糟糕！我簡直又要成爲流浪兒的罷？簡直不行了。袋子裏是有一個蛋餅在這里"。

傷心的思想…… 如果從前天起，就沒有東西喫進肚裏去，人還會快活麽？坐在格子裏面，還會舒服麽？看着天空，還會有趣麽？如果爲了一件大事情，倒也罷了！但只爲了一個蛋餅……呸，見鬼！

彼蒂加完全挫折了。他閉上眼睛，只等着臨頭的運命。

他這麽等着的時候，忽然聽到一聲敲。很響的敲。好像不在房門上，却在牆壁上，在那隔開別的屋子的薄的板壁上。

彼蒂加站了起來。他睜開眼睛，側着耳朵聽。

的確的。有誰在用拳頭要打破這板壁。

彼蒂加走近去，從板縫裏一望。他看見了拘留房的牆壁，一條板椅，一個攔着格子的窗戶，地上的煙蒂頭。連一個人影子也沒有。全是空的。這敲從那里來的呢，捉摸不到。

"什麽惡鬼在這里敲呢？"他想。"恐怕是用爪子在搔罷？"

他正在左思右想，却聽到了一種聲音，是很低，很沙的男人的聲音：

"救救！媽媽子！"

彼蒂加一跳就到屋角的爐旁。爐旁邊的牆壁上有一條大裂縫。他從這縫裏看見一個鼻子。鼻子下面動着黑鬍鬚。一個斜視的黑眼珠，悲傷的在張望。

"媽媽子！"那聲音求告着。"心肝！放我出去罷，看老天爺的面子！"

那眼睛在板縫裏爬來爬去，就好像一匹蟑螂。

"這滑稽傢伙是什麼人呢？"彼蒂加想。"發了瘋，還是喝醉了？一定是喝醉了！還聞得到燒酒味兒哩…… 呸……"

濃烈的酒氣湧進房來了。

"媽媽子！"那醉漢嘮叨着。"媽媽子！"

彼蒂加站在那里，瞧着那醉漢，却全不高興去說話。別一面是他不要給人開玩笑。現在他無法可想了。他簡短的說：

"你嚷什麼？"

"放我出去，心肝！放我出去，寶貝！"

他突然叫了起來：

"大人老爺！同志先生！請您放我出去罷！我的孩子們在等我呢！"

眞是可笑得很。

"傻瓜，"彼蒂加說。"我怎麼能放你出去呢？我也是像你一樣，關在這里的。你瘋了麼？"

他忽然看見那醉漢從板縫裏伸進手來了。在滿生着泡的手裏是一隻錶。一隻金錶。足色的金子。帶着錶鍊。帶着各樣的掛件。

醉漢睜大了他的斜視眼，低聲說道：

"局長同志，請您放我出去罷！我就送給您這個錶。你瞧！是好東西呀！你可以的！"

那錶也真的在咭咭的走。

合着這調子，彼蒂加的心也跳起來了。

他抓過錶來，一跳就到別一屋角的窗下。因為好運道，呼吸也塞住了，所有的血也都跑到頭上來了。

那醉漢却在板縫裏伸着臂膊，叫喊道：

"救救！"

他頓着脚，好像給鎗刺着了的大叫起來：

"救救呀！強盜呀！強盜呀！"

彼蒂加發愁了，來回的走着。血又回到脚裏去了。他的指頭絕望的抓着錶鍊，抓着這滿是咭咭咯咯的響的掛件的該死的錶鍊。這里有極小的象，狗兒，馬掌，梨子樣的綠玉。

他終於連掛件一起拉下那鍊子來。他把這東西塞進縫裏去：

"哪，拿去！你掛着就是！"

那醉漢已經連剩餘的一點記性也失掉了。他全不想到錶，只收回了那錶鍊：

“多謝，多謝！”他喃喃的說。“我的心肝！”

他從板縫裏伸過手來，來撫摩彼蒂加，還尖起嘴唇，響了一聲，好像算是和他親吻：

“媽媽子！”

彼蒂加又跑到窗下。血又升上來了。思想在頭裏打旋子。

“哈！”他想。“好運道！”

他放開拳頭，看着錶。太陽在窗格子外面的晴天上放光，錶在他手裏發亮。他呵一口氣，金就昏了。他用袖子一擦，就又發亮。彼蒂加也發亮了：

“聰明人是什麼都對的。一切壞事情也有牠的好處。現在我抓了這東西在這里。這樣的東西，隨便那一個舊貨店都肯給我五十盧布的。什麼？五十？還要多……”

他簡直發昏了。他做起種種的夢來：

“首先我要買一個白麵包。一個頂大的白麵包。還有猪油。猪油是刮在麵包上來喫的，以後就喝可可茶。再買一批香腸。還有香烟，頂上等的貨色。還有衣服：褲子，上衣。再一件柳條紋的小衫…… 還有長靴。 但是我爲什麽坐在這里做夢的? 第一着，是逃出去。 別的事都容易得很。”

不錯，一切都很好。 只有一樣可不好。 是他被捉住了。 他坐着，好像鼠子落在陷穽裏。 窗戶是有格子的，門是鎖住的。 運氣揑在他手裏，只可惜走不脫身。

“不要緊，”他自己安慰着。“怎麽都好。 只要熬到晚……不會就送命的。 晚上，市場一收，他們就放我了。”

彼蒂加的想頭是對的。 到晚上，人就要來放他了。 這並不是第一回，他已經遇到過好幾回了。 但到晚上又多麽長呀！ 太陽簡直一點也不忙。

他再拿那錶細看了一回，於是塞在破爛的褲的袋子裏。 爲要十分的牢穩，就把袋子打了一個結。 牆壁後面的叫喊和敲打，一下子都停止了。 鎖發着響，彼蒂加回頭去看時，却站着一個警察，說道：

“喂，出來，你這小浪子！”

了不得！ 彼蒂加竟有些發愁。 他跳起來，提一提褲子，走出屋子去。 警察跟着他。

“快走，你這小浪子！ 見局長去！”

“好的！”——

彼蒂加在局長面前出現了。 局長坐在綠色的桌子旁，手裏拿着一點文件。他拿着在玩弄。上衣的鈕子已經解開。頸子發着紅，還在冒熱氣。嘴裏啣一枝烟捲，在把青的煙環噴向天花板。

"日安，小扒手，"他說。

"日安！"彼蒂加回答道。

他很恭敬的站着。很馴良。他微笑着，望着局長，好像連一點水也不會攪渾的一樣。局長是噴着他的烟環，看起文件來了：

"唔，你什麼時候生的？"

"我不知道。可是我十一歲了。"

"哦。那麼，你說出來罷，你到我們這里來做客人，已經是第幾回了？我看是第七回罷？"

"不的。我想，是第三回。"

"你不撒謊嗎？"

"大約是這樣的。我不大清楚了。您比我還要清楚哩。"

彼蒂加是不高興辯論的。和一位局長去爭論，毫無益處。如果他想來是七回，讓他這麼想就是了。 他媽的！

"如果不和他去爭，麻煩也就少…… 也就放得快了。"

局長把文件放在桌子上，用手在那上面一敲，說道：

"我下這樣的判決，據面查你幼小的年齡和你的窮苦，應即移送少年教養院。 你懂得麼？"

彼蒂加呻吟起來了。 站不穩了。 僵掉了。 局長說出來的話，好像有誰用磚頭在他頭上敲了一下似的，使他發了昏。 這事情，是他沒有料到的。 是沒有豫計的。

但他立刻復了原，仰起頭來，說：

"可以的。 我……"

"懂得了麼？" 局長問着，還笑了起來，似乎彼蒂加的心情有多麼悲傷，多麼苦痛，他竟完全不覺得。彼蒂加是毫沒有什麼好笑。 他倒要放聲哭出來了。

唉唉，彼蒂加，彼蒂加，你是怎麼的一個晦氣人物呵！

但這還不算了結。 又來了更壞的事情。 彼蒂加糟糕了。

局長叫來了一個警察，並且命令他，把彼蒂加從頭到脚的搜一搜。

"搜他一下，" 他說，"他也許藏着兇器或是很值錢的東西的。細細的搜他一下。"

警察走近彼蒂加來。 彼蒂加的心停止了，他的腿像是生了熱病似的發着抖。

"從此永遠分手了，我的寶貝！" 他想。

但運氣的是那警察竟是一個傻瓜。 一個眞正的寬兄。 他注視着彼蒂加，說道：

"局長同志，一碰着這流浪人，就要叫人惡心的。 請您原諒。拜託您…… 今天剛剛洗過蒸汽浴。 穿的是洗得很乾淨的。 他身上會搜出什麽來呢？ 袋子裏一個白蝨，補釘裏一個跳蚤……一定的……"

彼蒂加聚集了他最後的力氣，可憐的微笑着，細起眼睛，望着那兵爺。

這意思就是說："對呀。 對呀。"

他一面想：

"一個很出色的跳蚤。 這樣的跳蚤，是誰都喜歡的。"

他悄悄的用一個指頭去觸一下褲子的袋子。有一點東西在那里動，有一點東西在那里跳，好像一顆活的心臟，或是活的掙着的魚兒， 這就是錶。

也許是對警察表了同情，也許是什麽都覺得無聊了，局長點點頭，說道：

"好罷，算了罷。 不搜也成。 這不關緊要……"

他在紙上寫上些什麽，蓋好印章，便交給了那警察：

“喂，同志，這是判决書。你到惠罩斯基街，把這小浪子交給克拉拉·札德庚少年教養院去。可是你要交付清楚的呀。”

於是他站起來，打一個呵欠，走出房去了。

連對彼蒂加說聲再見也想不到。

警察把公文塞在皮包裹，歎一口氣，拿手鎗掛在肚子邊。又歎一口氣，戴上帽。

“來！…… 來，流浪兒…… 走罷！”

彼蒂加提一提褲子，跨開大步便走。

他們倆一徑向着市場走，通過了擁擠的人堆。一切都如往常一樣，騷擾，吵嚷…… 一大羣人們在那里逛蕩，叫着，笑着，罵着，唱着曲子。什麽地方在奏音樂。鵝在嘎嘎的叫。瘋狂似的買賣。但彼蒂加却什麽也不聽見。他只有一個想頭：

“跑掉！ 我得跑掉！”

像一隻狗似的，他在警察前面跑，撞着商人們和別的人，只用眼睛探察着地勢，不住的苦苦的想：

“跑掉？ 但往那里跑呢？”

警察釘在他後面像一條尾巴，他怎麽能跑掉呢？他一眼也不放鬆，氣喘吁吁地，不怕疲乏地在緊跟着他走。

不一會，市場已在他們後面了。彼蒂加却到底沒有能逃走。

他完全沒了主意，茫然自失了，走路也慢起來。

這時警察才能夠和他合着脚步，他呻吟道：

"你簡直是亂七八糟的飛跑，你這野孩子！ 你爲什麽儘是這麽跑呀？ 我可不能跑。 我有腎臟病。"

彼蒂加不開口。 他的腎臟和他有什麽相干呢，他有另外的擔心。 他完全萎掉了。

他又低着頭趕快的走。

警察好容易這才喘過氣來，問道：

"說一回老實話罷，你這浮浪子。 在市場上，你是想溜的罷，對不？"

彼蒂加喫了一驚，擡起頭來：

"什麽？ 想溜？ 爲什麽？"

"算了罷！ 你自己很明白…… 你想逃走的罷？"

彼蒂加笑着說：

"你弄錯了。 我沒有這意思。 就是您逼我走，我也不走的。"

警察詫異得很：

"眞的？ 你不走的？"

他忽然站住了，搔一搔眉毛，拿皮包做一個手勢：

"走罷！ 跑罷！ 我准你的！"

這就像一擊。 像是直接的一擊。 彷彿有誰從後面踢了他一脚似的。彼蒂加全身都發起抖來了。他已經想跑了，幸而他瞥了那警察一眼。那傢伙却在露着牙齒笑。

"嗳哈！"彼蒂加想。"你不過想試試我罷咧。不成的，好朋友。我知道這玩藝。我還沒有這麽傻呢。"

他微微一笑，於是很誠實的說道：

"您白費力氣的。我是不走的。即使您打死我…… 我也不高興走……"

"爲什麽呀？"

警察不笑了，查考似的凝視着彼蒂加。但他却高聲叫喊道：

"爲的是！——因爲您毫沒有逼我逃走的權利的。您想我逃逃看。但是您又不放我逃的。您守着規則，帶我到應該去的地方去罷。要不然，眞叫我爲難呀。"

這麽說着，彼蒂加自己也喫了一驚。

"我在說什麽廢話呀？"他想。"眞是胡說白道……"

警察也有些擔心了。他倉皇失措，揮着兩手敎他不要說下去。

"你當是什麽了？你眞在這樣想麽？…… 好了，好了，我不過開一下玩笑……"

"我知道這玩笑，"彼蒂加叫道，"我不受這玩笑。您要指使我逃走呀！不是嗎？帶領一個正經人，您不太腐敗嗎？是不

是？ 您說這是玩笑嗎？您是沒有對我硬開玩笑的權利的！”

彼蒂加不肯完結了。他交叉了臂膊，哭嚷起來。路人都詫異。 出了什麼事呢？ 一個紅頭毛孩子，給人刺了一鎗似叫駡着，旁邊是一個警察，滿臉通紅，窘得要命，睞着眼，發抖的手痙攣的抓着皮包。

警察勸彼蒂加不要嚷了，靜靜的一同走。

這麼那麼的纏了一會之後，彼蒂加答應了。

他顯着生氣的臉相，目不邪視的往前走，但心裏幾乎要笑出來。

“這一下幹得好。 我給了一個出色的小釘子！ 這是警察呀！好一個癡子！…… 十足的癡子！……”

這回是警察要擔心了自己的脚，好容易才能夠拖着走。 他要費很大的力，這才趕得上。 但他不說話，單是歎氣，並且總擦着臉上的汗。 彼蒂加向這可憐人來開玩笑了。

"您爲什麼走得這樣慢的？ 您在閒逛麼？ 您簡直不能快一點麼？"

"我不能。 我眞的不能。 這是我的腎臟的不好。 我的腎臟是弱的。 牠當不起熱。 況且我今天又洗了蒸汽浴。 很熱的蒸汽浴。 我有些口渴了……"

他忽然看見一家茶店。 叫作"米蘭"。 有着漂亮的店門，還掛一塊五彩畫成的大招牌。

他站住了，說道：

"阿，請呀，我們進去罷。 我們喝點東西去。"

"不，" 彼蒂加說。 "進去幹什麼？"

"好好，"警察懇求道。 "我和你情商。 我全身都乾了。 我口渴了。 我們喝點汽水或者茶去。 或者檸檬水。 給我一個面子，小浪子，一同進去罷。"

彼蒂加想了一下。

"可以，" 他說，"您進去罷。 但是不要太久。"

"那麼，你呢？"

"我不去。 我是不走進喫食店去的。 我不高興……"

警察躊躕了起來，很惴惴的問道：

"你也不跑？"

彼蒂加勃然大怒了：

"您又來了！ 您在指使我！ 如果您在這麼想，您就該馬上送我到教養院裏去。 懂了嗎？ 喝茶不喝，隨您的便！"

"喂，喂，"警察說，"不要這麼容易生氣呀。 我不過這樣說說的。 我知道你是不跑的。 你是一個乖小子。"

"好了好了，"彼蒂加打斷他，"我沒有這麼多談的工夫。 您進去罷。"

那警察眞的進去了。 他放彼蒂加站在門口喝茶去了。 彼蒂加望着他的後影，微笑起來：

"這樣的一個癡子，是不會再有的。"

他微笑着，拔步便跑，走掉了。

他轉過街角，這才眞的跑起來。 他狂奔。 他飛跑， 像生了翅子一樣。 像裝了一個推進機一樣。 他的脚踏起煙塵來。 他的心跳得像風暴。 風在他臉旁呼呼發響。

房屋，籬垣，小路， 都向他奔來。 電線桿子閃過了。 人們…山羊…… 警察……

他氣喘吁吁的飛跑着。

他跑了多久呢，他不知道。 他要往那里去呢，也不知道。 終於在街市的盡頭站住了，在一所教堂的附近。

他費了許多工夫， 這才喘過氣來，淸醒了。 他向周圍看了一遍，疑惑着自問道：

"現在我眞的自由了?"

怎樣的運氣！ 這好極！ 他又想跑了。 只因爲快活。

"自由哩！ 自由哩！"

運氣的感覺生長起來。 於是他想到了錶：

"唉唉，我的錶！ 我的出色的錶！ 你在那里呀?"

他一摸袋子…… 錶不在了。

他發了瘋似的找尋。 沒有錶。

怎麽好呢?

他再摸一下袋子。 究竟是怎麽一回事?

連袋子也沒有了。 牠是只用一條線連着的，恐怕給那錶的重量拉斷了。 他向周圍一看。 地上並沒有東西。 他搖搖腿。 沒有……

絶望抓住了他。 挫折得他靠着教堂的牆壁，幾乎要哭出來。

"見鬼！ 見鬼！ 我就是碰着這種事！"

他總永遠是倒楣！

然而他沒有哭。 彼蒂加知道：眼淚，是女人的。 一個像樣的小浮浪兒，哭不得。 錶不見了，那麽，就去尋。

他跑回去。

但跑也不中用。 他把路忘掉了。 他已經不記得，自己是走那條路來的。 最好是找人問一問。

人家的門前站著一條大漢。 他穿着兵似的褲子。 在磕葵花子，把殼吐在地面上。

彼蒂加向他奔過去：

“阿伯！ 阿伯！”

“什麼事？ 那里火着了？”

“您可知道‘米蘭’茶店在那里呀？”

“不，” 那傢伙說，“我不知道。 ‘米蘭’是什麼子呀？”

“是茶店。 有一塊招牌的。”

“哦。 有一塊招牌的？…… 那我知道。”

“那麼，在那里呢？”

“你問牠幹什麼？”

“您不管我罷。 您告訴我就是。”

“好罷。 那麼，聽着呀。 你儘是一直走。 懂嗎？ 再往左走。 懂麼？ 再往右走。 懂麼？ 再是一直走。 再打橫。 再斜過去。 那麼，你就走到了。 懂麼？”

彼蒂加不能懂。

“怎麼？” 他問。 “往右，往左，

後來呢?"

他注視着那傢伙。他立卽明白了:

"他在和我尋開心,這不要臉的!"

他氣惱得滿臉通紅。他上當得眞不小。他狠命的在那傢伙的手上敲了一下,敲得葵花子都落下來。於是跑掉了。

他跑着,儘力的跑着。上那里去呢,連自己也不知道。經過了一些什麼地方的什麼大路和小巷,走過什麼地方的一座橋。

忽然,有一條小巷裏,他看見牆壁上有一個洞,而且分明的記得:他是曾經走過這地方的。那牆壁上的洞,使他牢牢的記得。

他放緩了脚步,看着地面。他在尋錶。他固執的搜查了地上的每一個窪,每一個洞。什麼也不見。沒有錶。大約是已經給誰撿去了。

地面在他脚底下搖動起來。因爲痛苦,他幾乎失了神。好容易這才挨到了"米蘭",坐在那里的階沿上。他坐着,垂了頭。他已經不高興活下去。

他一動不動的坐在那里,好像一塊木頭。氣惱。陰鬱。用了惡狠狠的眼睛凝視着地面。

忽然間——那是什麼呀。

他彎下身子去,不相信自己的眼睛了。

那是什麼呵?!

這里，階沿前面，可就躺着裝錢的打了結子的袋子。眞的！牠的確在這里！

彼蒂加發了抖，檢起袋子來。他剛剛拿到手，那警察已經從茶店裏出來了。

"你在這里？"

彼蒂加喫了一驚。

"好傢伙，"那警察說。"好，你竟等着！眞的了不得。我倒料不到你有這麼正直的。"

他從袋子裏掏出一個烤透了的點心來，送給彼蒂加。

"哪，拿罷。因為你安靜的等着。拿呀。還特地給你十個戈貝克(註)，這是我眞心眞意給你的。"

彼蒂加接過點心來，嗅了一下，狼吞虎嚥的喫了，這才恢復了元氣。

"很好。謝謝你的點心。但你為什麼弄得這麼久的？我不是來等候你許多工夫的呀！"

"這就行了，這就行了，"警察回答說。"不要見怪罷。我一起不過喝了六杯茶和喫了一個白麵包。現在我們能走了。來罷，請呀，小浪子。"

註：十戈貝克現在約值中國錢一角——譯者。

這時他們走得很快。很活潑。尤其是那警察。他竟開起快步來。好像他完全忘記了他的腎臟了。彼蒂加把錶悄悄的藏到褲裏去，塞在一個補釘的褶疊裏。他已經很有精神。他不喜歡垂下頭去了。

"都一樣的，"他想。"全無關係。現在我已經不能溜掉了。還是不溜。我從教養院裏再跑罷。"

他們到了寬闊的惠覃斯基街。他們走上很峭的高地去。警察指着遠處道：

"你看見上面的屋子嗎？白的…… 綠房頂。那就是克拉拉札德庚教養院呀。快到了。"

不多久，他們就站在那屋子的前面。是一所體面的屋子。許多窗戶帶着罩窗。一個前花匳種着滿是灰塵的白楊。一個中園。一層鐵格子。一重大門……

警察去敲門。牆後面的一隻狗就叫起來。牠的鐵鍊索索的響。

彼蒂加悲哀了。可怕的悲哀。他歎一口氣。

"教養院？"他想。"出色的教養院呀。就像監獄一樣。到處都鎖着。誰就能從這里逃走呢！"

門上開了小小的望窗。露出一個細眼睛的臉來。像是韃靼人，或者中國人。

"誰呀？ 有什麽事？"

"你開罷！"警察大聲說。"不要緊的…… 沒有大事情。 我帶一個孩子來了，偷了東西的……"

小窗又拍的關上了，鑰匙在鎖上發響。 大門開了，站在那里的並非韃靼人或中國人，却是一個細眼睛的俄國人。

"日安，"他說。"請進來。"

他們走到中園。 那狗向他們撲來了，嗥着，哼着。

細眼睛叫牠回去：

"回去，區匿希！(註)"

"請到辦公室裏見院長去，"他轉臉對兩人說。 "走過中園，在三樓上。"

警察端正了姿勢。 他扶好手鎗匣子，開起正步來：一，二，向左，向右。

彼蒂加跟着他並且向各處看。 是一個很大的，鋪着石頭的中園。 石頭之間是細葉蕁麻和各種別樣的野草。

開着的窗戶裏，有孩子們在張望，注視着彼蒂加。

"孩兒們，一個頭兒來了！"

"什麽？"彼蒂加想。 "我是頭兒麽？"

註： König 是德語，"王爺"的意思，但這里是狗名——譯者。

他們上了樓梯，走到辦公室去。辦公室前面的地板上，坐着一個小小的，黑顏色的野孩子，用毛筆在一幅很大的紙上，畫着五角的星。

"日安！"警察道。

"日安！"那野孩子用了誠實的低聲回答說。"你要和院長說話麽？"

"菲陀爾·伊凡諾維支！有人要和你說話呢！"那野孩子嘲笑似的，露出牙齒的笑着，把彼蒂加從頭到脚的打量了一通。

鄰屋裏走出院長菲陀爾·伊凡諾維支來。是一個小身材的，禿頭，眼鏡，淡灰色鬍子。

"哦，"他說。"日安！你帶了一個新的來了？"

"是的，"警察說。"日安，"請你給判决文一個收據！"

"什麽？哦哦，是的！你可以去了。"

警察拿着收據，查了一下。

"再見！"他說。"好好的在着罷，孩子！"

他出去了。

菲陀爾·伊凡諾維支在桌旁坐下，檢查似的看着彼蒂加。

"你叫彼得？"（註）

註：彼得（Piotr）才是他的正式名字，彼蒂加（Petika）卻由此化出，是親愛，或者輕視時的稱呼——譯者。

"是的，"彼蒂加回答說，並且告訴了他的姓。

"哦。你偷了東西?"

彼蒂加臉紅了。他連自己也不知道爲什麼。這菲陀爾·伊凡諾維支是一個怪物。

"是的。"

"哦…… 這幹不得。你還年青。還要成一個有用人物的。現在我們得首先來整理你的外表。是的……米羅諾夫，領這新的到魯陀爾夫·凱爾烈支那里去……"

黑孩子跳起來，放下毛筆，擦了手。

"來罷，你的造孽的。"

他們走過許多迴廊。那些地方都有點暗。電燈發着微弱的光。兩邊都看見白色的門戶。

"這是課堂，"黑孩子說明道。"這里是授課的。"

"但你現在帶我到那里去呢?"彼蒂加問。

"到衛生課魯陀爾夫·凱爾烈支那里去。他會給你洗一洗的。"

"洗一洗?"

"唔，自然。 在浴盆裏。"

那孩子敲了門。

"魯陀爾夫·凱爾烈支！ 我帶了一個新的來了！"

他們迎面來了一個穿白單衫的胖子。 他有很大的耳朵，雄壯的脾氣。 這衛生課…… 大概是個德國人……

"一個新的？"他問。"多謝。 進浴室去罷。 水恰恰熱了。"

他就拉了彼蒂加去。

"脫下來。"

"爲什麼？"

"脫下來罷。 你得洗一個澡。 用了肥皂和刷子。"

彼蒂加脫下他的破爛衣服來。 非常之慢。

"但願這錶不要落掉了才好！"他想。

那德國人說道：

"都輕輕的放着。 我們就要在爐子裏燒掉牠的。"

彼蒂加喫了一驚。 他痙攣地緊緊的抓住了褲子。

"怎麼？ 爲什麼？ 燒掉？"

"不要擔心。 我們要給你一套另外的衣服。 乾淨的。 一件乾淨的小衫，一件乾淨的上衣，你還要弄到長靴哩。"

他怎麼辦才是呢？ 他精赤條條的坐着，那手緊抓了齷齪的破爛衣服在發抖。 但並不是因爲冷。 浴室是溫暖的，還熱呢。 他的發抖是爲了憂愁。

“怎麽好呢？ 都要沒有了。”

但他一點也不願意放棄。

他的運氣，是那德國人暫時離開了浴室。 想也來不及多想，彼蒂加就解開破布來，把金錶塞進嘴裏去。 這很費力。 他幾乎撑破了嘴巴。 面頰鼓起來了。 舌頭又非常之礙事。 然而他弄好了，熬住了，並且咬緊了牙齒。

錶剛剛藏好，德國人就又走了進來。 拿着一個鉗子。 他用這鉗子夾着彼蒂加的衣服，搬了出去。 於是他又回來，把水放在浴盆裏。

“進去。”

彼蒂加爬進浴盆去，熱水裏面。 一轉眼，那水就渾濁了。 這並不是變戲法：這之前的一回浴，他還是五年前洗的。 後來他這里那里的在野地上固然也洗過…… 但這麽着，身子可也不會眞乾淨……

洗浴使他很舒服。 在裏面是很好的，他甚至於情願從此不走出。

但大大的晦氣是那德國人竟是一個多話的漢子。 他用肥皂給他洗着頭的時候，話就沒有住。 他沒有一刹時是不聲不響的。 他要知道一切，對於什麽都有趣。 他爲什麽名叫彼蒂加的，警察爲什麼捉他的，在那里失掉了他的父母的。 連什麼屁事他都想知道。

彼蒂加不說話。 彼蒂加有錶在嘴裏。

他各式各樣的用了他的頭。 他看着質問，有時點點，有時搖搖。 要不然，就喃喃的來一下。

他的沈默，大概很使這德國人不快活了，因爲他關上了他的話匣子。

他換了水。 他放掉髒水，然後撚開兩個龍頭，放進新鮮的水，冷的和熱的來。 於是坐在屋角的椅子上，拿了報紙。

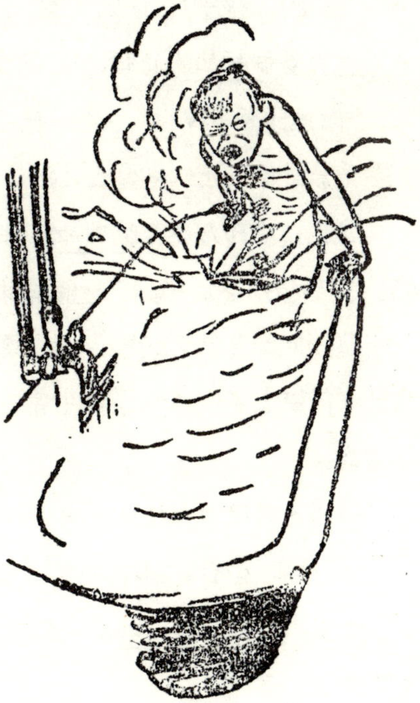

“就這樣的坐着罷，骯髒就洗掉了…… 如果太熱了，那就說。 我來關龍頭。”

彼蒂加點點頭。

水從龍頭裏潮水似的湧出。 漸漸的熱起來了。 簡直就要沸了。

德國人却舒舒服服的儘

在看他的報紙，他的大耳朵微微的在牽動。

水還是流個不住。已經難熬了。逼得彼蒂加輾轉叉側，只是移來移去，却一聲也不響。

終於他再也打熬不住了，就鑽下水去，吐出錶來。於是飛似的鑽出，拚命的叫道。

"熱呀！"

德國人跳了起來，拋掉報紙，伸手到水裏去一摸，喝道：

"孩子！孩子！你瘋了麼？快出來！快快！"

他抓着彼蒂加的肩頭，拉了他出來。他很氣惱他，大聲說道：

"你爲什麼不說的？這水，已經煮得一隻雞了。"

他放許多冷水進浴盆去，於是再用肥皂來洗彼蒂加的背脊。

當在這麼辦理時，彼蒂加就用兩手去摸浴盆底。他是在尋錶。他的指頭終於碰到了一個滑滑的圓東西。他就放進嘴巴去。

但這一回却非常之艱難。大約是因爲這錶受熱發了漲，或者是嘴巴洗得變小了⋯⋯但錶也竟塞進嘴巴裏去了。他幾乎弄斷了牙齒。

德國人又用清水給他冲洗了一通。

"好啦。坐着。我給你取衣服去"。

他出去了。彼蒂加坐在肥皂水裏面，他忽然覺得，水在減少下去了。

當那德國人回來的時候，彼蒂加只坐在空的浴盆裏。

“爲什麼你把水放掉的？ 光着身子坐在空盆裏，是會生病的呢。”

水怎麽會走掉的呢，彼蒂加不知道。他沒有放。 他全不明白怎麽會這樣。

“那就是了，”德國人說。“快穿衣服。 就要喫飯了。 你來得太遲了。”

他給他一整套衣服，襯褲，一條褲子，一件上衣…… 還有長靴。 都嶄新，都乾淨。

彼蒂加動手穿起來。 在他一生中，穿襯褲是第一回。 德國人注視着，而且微笑着。 彼蒂加也微笑着。

德國人突然嚴重了。

他詫異地看着彼蒂加的臉，問道：

“你嘴裏有着什麽？ 什麽在那里發亮？”

彼蒂加嚇了一跳，閉上了嘴唇。

“我這昏蛋！ 癡子！ 我就是笑不得！”

他轉過臉去，聳一聳肩膀，好像是在說：“無聊！ 這是不值得說的。”

但那德國人不放鬆。 他來挖彼蒂加的嘴。

“張開牙齒！ 你嘴裏是什麽呀？ 你把什麽東西藏在那里

了？”

彼蒂加張開了嘴唇。

“吐出來！”

彼蒂加歎一口氣，用舌尖把錶一頂，吐出來了，就在德國人的手上。

但他却發了驚怖的一聲喊。

在德國人手裏的並不是錶，倒是一個白銅塞子，就是用在浴盆裏面的。

彼蒂加大大的喫了驚。 德國人也很詫異。

他以爲彼蒂加是瘋子。 他疑惑的問道：

“告訴我罷，孩子，爲什麼你把塞子塞在嘴裏的？ 這怎麼行呢？ 把金屬東西塞到嘴裏去？”

彼蒂加想不出應該怎麼回答他。 他撒了一個漫天大謊：

“肚子餓，”他低聲說。“我餓得很。”

這時他總在偷看着浴盆。

錶在那里呢？

他什麼也沒有看見。浴盆是空的。裏面只有一塊溼的浴布。

錶一定就在浴布的下面。 如果德國人走出屋子去，他就可以拿了那錶來。 然而德國人竟一動也不動！ 他對彼蒂加表着滿心的同情：

“我的天老爺！ 這麼着的！ 這樣的白銅東西可是不能喫的呀。馬上要喫飯了，湯呀，粥呀，麥屑飯呀。但是白銅東西，呸，見鬼，可是喫不來的！ 這是硬的！ 哪，你瞧……”

他把塞子抛在浴盆裏。噹的一聲響。彼蒂加忽然看見德國人向浴布那面彎過腰去了。 如果他拿起浴布來，錶就躺在那下面…… 阿呀!!!

他並不多思索，就直挺挺的倒在地板上，叫了起來：

“阿唷！”

德國人奔過來：

“什麼事？ 你怎麼了？”

彼蒂加叫個不住，全身痙攣的發着抖：

“阿唷呀！”

德國人慌張了起來。 他向各處亂鑽，撞倒一把椅子，奔出門外去了。

彼蒂加就走到浴布那里去。一點不錯！ 錶就躺在那下面。彼蒂加拿起牠，擦乾了，狂喜的看着。 金好像太陽一般的在發光…… 他感動地把這太陽塞在嶄新的，公家的褲袋裏……

當那德國人手裏拿着一個小瓶，跑了進來的時候，他恰恰已經辦妥了。

“嗅呀！ 嗅這兒呀！”他大聲說。“這是亞摩尼亞精呀。”

彼蒂加踉蹌的走了幾步，去嗅那小瓶，打幾個噴嚏，復了原。

他很好的著好衣服，穿上長靴。長靴小了一點。但倒還不要緊。他顯得十分漂亮了。他繫上皮帶，弄光了頭髮。

“可惜，”他想，“這里沒有鏡子！我眞想照一照！”

“那麽，喫飯去罷，”德國人說。

他們走到廊下的時候，適值打起鐘來，鐘聲充滿了全樓。孩子們叫喊着，頓着脚跑過廊下去。

“喫飯囉！”他們嚷着。“喫飯囉！”

彼蒂加到處被磕碰，挨擠，衝撞。他們幾乎把他撞翻了。德國人也不見了。

他很倉皇失措，不知道應該怎麽辦。忽然間，他看見了那黑色的孩子，就是那在辦公室前面畫星的。他微笑着，點點頭：

“這里來！”他大聲說。“同去罷！”

他們一起跑進教養院的食堂裏。

裏面的長桌子前面，已經坐着一大羣孩子們。桌子上面，錫盤裏噴着熱氣。這熱氣是很使人想喫東西的，彼蒂加竟覺得鼻子囊，膝髁也發了抖。

開始用膳了。

孩子們在吵鬧，搖着匙子，彼此拋着麵包屑。彼蒂加撲到湯跟前。這是不足怪的：這兩天來，除了警察給他的一小片點心之外，他什麼也沒有落過肚。他很貪，很凶的喫東西。

德國人並沒有撒謊。湯之後，粥來了。是加了奶油的蕎麥粥。彼蒂加仍舊很快很貪的喝了粥。於是來了麥屑飯。他喫的一點也不剩，還舐一舐盤子。

坐在他近旁的孩子們，都發笑了。笑得特別響的是一個獨隻眼的孩子，額上綳着一條黑綿紗。他不顧面子的嘲笑道：

"這麼一個飯桶！這麼一個饞嘴！就是一匹大象，也不喫的這麼多呀！"

這使大家更加笑起來。彼蒂加氣惱了。他熬着，但是熬不久。他把匙子舐乾淨，看定了獨隻眼的無恥的眼睛，擲了出去，那匙子就打在他的前額上。

那孩子嚇人的哭起來。出了亂子了。跑來了院長菲陀爾·伊凡諾維支

那孩子哭着，用拳頭擦着前額，這地方腫起着一個大瘤。

"誰打得你這樣的？"菲陀爾·伊凡諾維支問。

"這人！"他指着彼蒂加。"是這個流浪兒！用匙子！"

菲陀爾·伊凡諾維支嚴厲的看定了彼蒂加。

"站起來！ 我對你說，站起來！"

彼蒂加站起來，陰鬱地望着前面。

"您想要怎麼樣呢？"他的眼光像在說。

"唔，"菲陀爾·伊凡諾維支說。"唔。 那麼，到這里來。"

要怎麼樣呢，彼蒂加不知道。 他跟着院長去了。 當他們走到食堂門的時候，他聽到了一個聲音：

"菲陀爾·伊凡諾維支，這新的是沒有錯處的。"

他知道這聲音。 這是黑孩子。

他們走到廊下。

"唔，"菲陀爾·伊凡諾維支說。"聽着罷，我對你說的話…… 我們這里是不能打人的…… 打人，這可不行…… 在街上，也許會挨打的…… 在這里却不行…… 懂了麼？ 現在就罰你站在這地方，到大家喫完了中飯。"

菲陀爾·伊凡諾維支回

轉身，走掉了。

不久就喫完了中飯。孩子們都從食堂裏跑出來。他們跑過彼蒂加的身邊。彼蒂加貼在牆上。孩子們不斷的走過去。獨隻眼看見了他的時候，就向他伸一伸舌頭。黑孩子走過了：

"你同去洗澡麼？"

彼蒂加活潑起來了：

"到那里？"

"到河裏…… 大家都去的。走罷！"

彼蒂加已經打好了主意。

"去的！"

他和黑孩子跑過了廊下。那伙伴在路上叮囑他道：

"不要和畢塔珂夫去吵架。就是他先來了，也不要去理他。只要去告訴'級議'，學級會議去。"

"原來你是這樣的看法！"彼蒂加想。"我可沒有這工夫了。一到河邊，我就跑得永不再會了！"

他們走進一間大廳裏。壁上掛着許多像，李寧，託羅茨基。地板像水面似的在發光。已經聚着一大羣孩子們。兵一般的站成了兩列。一個有鬍子的人拿了一根小棍子，指揮着。

"立正！向右看齊！"

彼蒂加也排進去兵似的嚴正，移動着向右看齊。

這時走來了菲陀爾·伊凡諾維支。他來給孩子們點名，叫這個繫好皮帶，叫那個去洗臉。

他一看見彼蒂加，就揚起眉毛來：

"怎麼？這新的也要去麼？——不行！今天你不能去！你該休息着！"

他看着獨隻眼：

"畢塔珂夫也不行。爲了他今天的舉動，他這回不許去洗澡！"

那孩子哭起來，退出隊伍去了。

彼蒂加也退出了隊伍，然而沒有哭。

他不過悲哀的站着。

排成兩列的孩子們，從他面前經過。開着正步：

"左！左！"

他們終於走完了。菲陀爾·伊凡諾維支走近彼蒂加去，拍着他的肩頭：

"要快快活活的，孩子！你在我們這里就會慣的。那些孩子們都很心滿意足。只是打架却不行。哦。到中園裏去玩去。去罷！"

彼蒂加到中園去了。

剩下的孩子們，都在那里玩小木頭的游戲。彼蒂加也被邀進去，一起玩，但他就微笑着說道：

“我不玩了。 這是給小孩子弄的。”

他退到籬垣旁邊，坐在一堆小石塊上。

他沈思着：

“怎麼辦呢?”

黄昏開始了。 發了霧。 太陽落下去了。 孩子們還在玩他們的游戲。 他們的聲音響到他這里來。

“牧師！(註) 他糟了！”

“胡說！ 牧師在市裏呢！”

平滑的小木頭飛過空中，拍的落在地面上。

彼蒂加想着；

“逃走！ 這是當然的。 不過總是把錶帶在身邊却危險。 這會鬧出討厭的亂子來。 誰知道呢? 也許這里是每天要燒掉舊衣服的…… 還是暫且把錶藏起來……”

他的計劃立定了。 他決計把錶埋到土裏去。 並且就放在那里，一直到他逃走的時光。 他也想當夜就逃走。

註： 在俄國最喜歡“戈洛特基”(Garodki意云“小市”)的游戲：地面上畫一塊四角的地方，用五塊小木頭，長七寸，厚二寸，各各刻着一定的形狀，在大約距離四丈的遠之處，用長有二尺半的短棍，將牠打出小市去；若有飛到“市邊”，在邊界線上站住的，那就是“牧師”——譯者。

他伏着，望着周圍。 孩子們在玩小木頭，有一個牧師給打倒了。 教員在看書。 沒有人向他這邊看。

他摸出錶來。 他起了好奇心了：那裏面究竟是怎樣的呢？

他叮的一聲捺開蓋。 但是還有一個蓋。 上有兩個黑色的字母：S · K。(註) 兩層的蓋底下是玻璃，看見指針在裏面。

小小的黑的圈子裏，秒針在走動。 時針和分針却走得令人不知不覺：如果看定牠，牠是不動的。 但放一會再去看，牠却改了位置了。 錶上是七點鐘差一分。

他就在籬垣脚下扒開小石頭，掘一個洞，有達到肘彎的深。 他合上錶，用布片好好的包起來，放在洞底裏。

於是他又蓋上泥土去，用手按實牠，再把小石頭放在那上面。 爲了容易尋着牠，又在兩石之間插了一枝小木棒。

於是他伸一伸腰，枕着他寶貝上面的石塊，做起夢來了。

註： 這就是醉漢綏蒙·庫兌耶爾(Semion Kudeyar)姓名的略字——譯者。

總是這些事：

“我要買一件上衣。 綴着羊皮領子的…… 一把削筆的小刀。(註) 或者也要一枝手鎗。 果子汁的糖球…… 蘋果……”

他完全進了他的夢境，忘掉自己的可憐的景況了。

當大家洗浴回來的時候，就都到食堂裏去喝茶。 彼蒂加並沒有注意獨隻眼，雖然那人却又來嘲弄他了。 黑孩子又激昂了起來：

“還不完麽，畢塔珂夫？ 他給你的還不夠受？ 你還想添？”

從此畢塔珂夫就不來攪擾他了。

喝茶之後，所有的孩子們，大的和小的，都到中園裏去玩球。彼蒂加很快活。可惜的是他不懂得這玩藝，只好不去一起玩。 但這是非常愉快的游戲。

天全暗了，天空上裝滿了星星的時候，打起鐘來了。 教員高聲叫喊道：

“睡覺哩，孩子們！”

大家都湧進寢室去。

這是一間廣大的，不大明亮的屋子。 白牆壁，所有的電燈罩都是乳白玻璃的。 滿屋排列着臥牀，像在病院裏一樣。

註： 這只因爲這種刀很快的緣故，並不是想讀書——譯者。

黑孩子指着自己旁邊的一張牀：

“這是你的牀。你挨着我睡……”

彼蒂加看那牀。他幾乎駭怕了。

“我眞可以睡在那上面麽?”

雪白的牀單和枕頭，一條灰色的蓋被，上頭有一塊乾淨的毛巾。

“如果我的老朋友在這里看見我，……他們一定要笑的……睡起來怕是很好的罷……”

他於是想：

“無論如何，半夜裏我一定得逃走……”

然而他並沒有逃走。他絕沒有逃走。他一躺下，馬上睡得爛熟了，而且一直到早晨沒有醒。這是不足爲奇的。他正疲乏得要死……

有人拉了他的脚。他醒轉來，把脚縮進蓋被裏去了。但又有人在搖他，拉他的肩膀。他擡起頭，睜開了渴睡的眼睛。面前站着菲陀爾·伊凡諾維支。他的臉是莊重的。他的眉毛在陰鬱的動。

所有的孩子們還睡着。滿屋子響着元氣的鼾聲……天還沒有全亮。

“起來，”菲陀爾·伊凡諾維支說。“唔……起來，有點事情要找你。”

彼蒂加清醒了：

“什麽事呀?”

“警察局裏來了一個人，來要你的。”

彼蒂加的頭又落在枕頭上面了。他幾乎要叫出來。

“他來要你，我不知道爲什麽。唔…… 起來…… 穿衣服罷。”

彼蒂加穿起衣服來。他的手發着抖。他的腿發着抖。穿褲子也費力。他失了元氣了。

“警察局爲什麽來要我呢?…… 糟糕……”

不多久，他穿好了，就跟菲陀爾·伊凡諾維支去。

辦公室裏坐着一個年青的警察，沒有鬍子，挾一個皮包。

他站起來：

“他就是麽?”

“是的，”菲陀爾·伊凡諾維支說。

“那麽，請您允許我帶了他去。來，市民。”

他們出去了。往那里去，爲了什麽，彼蒂加都不知道。那警察走得很快。他總在催促着彼蒂加：

“快些！快些！”

彼蒂加忍不住想問他。然而他沒有敢。這警察是很莊重的。 終於，他鼓起勇氣來，惴惴的問他了：

"對不起，爲什麽我得到警察局去的？"

"這是你自己明白的。"

冷冰冰地，眞像一個官。

他們就到了市場。 彼蒂加照例的又想混進人堆裏去了，但警察抓住了他的肩頭：

"那里去？ 你往那里去？ 我們繞着市場走。 不要玩花樣。"

他們繞着市場走，到了警察局。

警察把他帶進局長的屋子裏。 局長坐在桌旁，吸着煙，把小小的煙圈噴在空氣裏。 他旁邊站着一個市民，是一個老頭子，帶着紅鼻子。 彼蒂加看着這市民的臉。 彷彿有點記得，好像在什麽地方見過了這臉似的。

"這他，是我上禮拜撈了他的果醬罐子的人麽？…… 或者是，弄了那皮帶來的？ 不…… 也不是。"

彼蒂加注意地考察着紅鼻子。 忽然間，他淸淸楚楚地記起來了：

"這是有錶的那個…… 那醉漢。 說些'媽媽子，心肝，我的寶貝'的："

不錯。 是這鼻子。 這斜視眼。 只有鬍子却不像那時的動來動去了，可憐相的下垂着。

“憑着名譽和良心對我說：你偷了市民庫兒耶爾的錶沒有？”

彼蒂加好像遭了霹靂。然而他又打好了主意，不給露出破綻來。

“誰呀，庫兒耶爾？”

“綏蒙·綏米諾維支·庫兒耶爾。這就是。”

彼蒂加注視了這人，搖搖頭：

“我沒有見過他。”

“不要撒謊，”局長說。“你說謊了。你是見過他的。”

“我對你們賭咒。我沒有見過他。”

局長提高了聲音，好像他在讀一件公文一樣：

“市民綏蒙·綏米諾維支·庫兒耶爾訴稱失去婦女用金錶一隻，是在第三號室被刦的。對了罷？”

“什麼？怎麼叫對？”

“就是說我剛才說過的事呀。市民庫兒耶爾，您認識這流浪兒麼？”

“是的！”

他的聲音很微弱。昨天是用深的沙聲發吼的，今天却啾啾的像一隻小鳥

兒了。

“那麽，怎麽樣?”局長又轉臉對着彼蒂加，說。“你拿不拿出那錶來?”

“什麽錶?”

“不要玩花樣!”局長發威了。“你早已明白了的。還不拿出來麽?”

彼蒂加也發威了。

“我拿出什麽來呀? 我不知道什麽錶! 我也不想知道。我沒有錶。”

局長微微一笑:

“我們就會明白的! 他用拳頭在桌子上一敲。“哈囉，忒凱兼珂同志!”

門一開，彼蒂加的舊相識，那捲頭髮的警察走進來了。

“什麽?”他說。“什麽吩咐?”

“把這傢伙從頭到脚的搜一下。他應該有一隻錶在身邊的。”

“噯哈!”警察叫了起來，“我認識這小浪子。我昨天送他到克拉拉·札德庚教養院去的…… 我敢說，他眞是規矩得很。要好。但是您旣然命令我 我就來搜他，趕快搜。”

警察要動手了。彼蒂加現在是連一點點的憂愁也沒有。他其實要發笑。他而且老臉:

"不行的！ 你們說什麽呀？ 我不給你們搜。 你們沒有這權利……"

他緊緊的抓住了袋子。

於是那局長吼起來了：

"哦……？"

市民庫兒耶爾也呼號起來了：

"他發急哩！ 我敢起誓，他發急哩！ 搜他呀，好人！ 我的錶！ 我的錶！"

局長跳起來，在肘彎的地方，抓住了彼蒂加的臂膊，很緊，使他一動也不能動。

"搜他，忒凱兼珂！"

警察現在來施行身體檢查了。 他查過袋子， 摸過上衣的裏面。 沒有錶。

"沒有呀，" 他說。"我剛剛說過的。 他沒有這東西的。 他是一個要好的小浮浪兒。 我可以用我的腦袋來保他的。"

局長完全迷惘了。

"那麽，您聽我說，也許是您在對我們放煙幕罷，市民庫兒耶爾？"

"自然！" 彼蒂加叫道。"自然！ 他就是騙人。 他簡直並沒有錶。 他一向就沒有錶的。"

“不不，這並不是騙人。” 庫兌耶爾快要哭了，“我不撒謊。一隻帶着銀鍊子的金錶。我敢起誓，我是有過的。鍊子還在我這里。我只剩了這東西了。您看……”

他拿出鍊子來。不錯，這是一條錶鍊子！上面還有種種的掛件。小小的象，狗兒，馬掌，和一顆梨子形的綠玉。

然而這眞是莫名其妙。

“奇怪得很，”那局長說。據我看起來，這東西確是您自己落掉的。您拿這鍊子，想做什麼憑據呢？”

“我想做什麼憑據麼？錶是掛在這鍊子上面的呀。現在誰拿了錶呢？就是他！……”

他指着彼蒂加。

彼蒂加笑出來了：

“這樣的一個昏蛋！我是坐在上鎖加門的獨身房裏的呀，我怎麼能拿你的錶呢？那時我只有一個人……”

“一點不錯，”局長說。“這一切事情，我也疑心起來了。市民庫兌耶爾，您得小心些，不要爲了誣衊，受到懲罰才好！這是很容易碰上的。關於這一點，您以爲怎樣？”

市民庫兌耶爾哭了起來。熱淚從他那斜視眼裏滾滾的湧出。

“我知道了。我白到這里來。我的好錶是完結了。您現在却還要告發我。我不如走罷。”

“他就把帽子合在頭上，辭謝了局長，嗚咽着，走出屋子去了。

彼蒂加站在那里，莊重，帶着惱怒的眼光。他很受了侮辱了。他一句話也不說。

“對不起，”局長說，“這是錯誤的，是一件常有的誣蔑案子。忒凱兼珂同志，領他回到教養院去罷。我們沒有把他留在這里的權利。”

“好的，”那警察說，“這是很容易的。來罷，小浪子。”

他們走出警察局。到得市場，那警察就站住了：

“現在自己走罷。你認得路。你不會走錯的。你已經顯出你的要好來……　我要回家去了……　今天是我的女人的生日……”

他回轉身，向着相反的方向，跑掉了。

彼蒂加站住了一會，於是就向那往教養院的路走。

當他順大路走着的時候，忽然聽得後面有人叫他的名字。他轉過臉去，却看見那市民庫兌耶爾正在跟定他跑來，還打着招呼：“少等一下！”

彼蒂加站住了。他等着。於是就鬧了一場大笑話。

庫兌耶爾倒在他的脚下，跪着叫道：

“我的好寶寶！　我在懇求你！　還了錢罷！　我的孩子們餓着哩，……　我的女人在生病！……　我一生一世不忘記你的好處…… 我送你三盧布…… 還我罷，小寶寶。"

彼蒂加大笑了起來，並不答話，又是走。 庫兒耶爾發瘋似的跳起，跟着他跑。 他追上他了，抓住了他的肩頭：

"還我！ 給我高興高興！ 還我！"

彼蒂加掙脫他：

"見你的鬼！ 不要胡鬧！ 錶不是你的。 你不過看見過！懂麼？"

庫兒耶爾非常氣憤了：

"哦？"他大叫道。"你給我這麼一下？ 我控告你。 我給你喫官司。 還有法律的……"

"告去就是。 請罷，控告我去。 可是大家不相信你的。 大家會對你說，'老酒鬼'，你撒謊的。"

彼蒂加又走了，頭也不回。 這事情他覺得很可笑。 他開心而且放肆起來。 他的憂愁和苦惱，已經不算什麼一回事了。 他的脚並不是在走，却在跳。 他合着愉快的調子跳：

踏——踏——踏。踏——踏——踏。

“我得逃。一有機會。最好就是今天的夜裏。我鷟到中園，掘出錶來…… 再爬過籬垣…… 這很容易…… 那麼…… 永不再見了……”

他這樣地陷在他的夢境裏面了，至於不知道怎麼會走到了惠覃斯基街。 當他快到敎養院的時候，有意無意的向後面望了一望。 這時他看見，那市民庫兒耶爾還在跟着他走。 待到第二次回顧時，就看不見了。 大約庫兒耶爾躲在一個街角落裏了。

“嗳哈！” 彼蒂加想。“你這惡鬼！ 你在跟蹤我。”

第三次他想要回顧的時候，耳朵邊就來了一聲喊：

“喂！ 當心！”

一個馬頭，幾乎已經擱在他頸子旁邊了。

很大的運氣，是他還來得及跳開。 要不然，他是會給拉貨車的大馬的蹄子踏爛的。

許多裝着柴木的貨車在路上拉過去。 車夫用鞭子打着馬，喊叫着，咒駡着。 車子轟轟的在從彼蒂加身邊走過。

“到那里去的呢？” 他想。 “他們把這許多木頭弄到那里去呢?”

他的好奇心非常之大，使他跑到最近的車夫那里，問道：

“阿叔，你們把木頭搬到那里去呀?”

“到教養院去。收着不夠格的孩子們的克拉拉·札德庚教養院去。”

“原來!”彼蒂加想。滿載的車子，使他覺得驕傲了。

他說道：

“那是給我們的。您留心些呀！不要給有一塊掉在路上呀!”

車夫笑着 給了馬一鞭子。

彼蒂加又往前走。他一到大門，正有幾輛空車從中園裏回出來。他詫異的想：

“這也是載木頭來的麽?”

當他走到中園的時候，却圓睜了眼睛。

而且他的腿彎了下去了。

全個中園裏都是木材，廣大的平地上，從這一角到那一角，全堆滿了十五吋厚的白楊，松樹，樅樹的幹子。孩子們大聲的叫着哈囉，在壘起木頭來。院長菲陀爾·伊凡諾維支是跑來跑去，搓着手，叫喊着：

“趕快 孩子們!…… 上緊!”

他也跑向彼蒂加來，敲了他一下肩頭，大聲說道：

“唔！ 你看見麼？ 看見這些東西麼？ 這都是爲你們的，你們這些小鬼頭的！ 你看見？”

“我看見的。 多謝。”

他踉踉蹌蹌的走向屋子的階沿去。 但是他走得並沒有多遠。他伏在木頭上，哭起來了：

“我的錶……”

他再也說不出話來。 眼淚塞住了他的喉嚨。

他就在那里坐着，而且哭着。 一條眼淚的奔流，滾滾不停的奔流。

黑孩子跑來了，向他彎下身子去：

“你怎麼了？ 有誰欺侮了你？”

彼蒂加站起來，看定了他的臉，喝道：

“滾你的蛋！”

他沿欄干跑上樓梯去，坐在廊下的窗臺上。

唉唉 現在他眞的是傷心了！ 他坐在窗臺上，從玻璃裏望出去。 不多久，孩子們已經堆好木頭，在廊下跑過去了。

黑孩子一看見彼蒂加，就站下來。 他走近他去，把一隻手放在他肩上。

“有什麼事？ 你怎麼了呢？ 你不高興麼？ 我給你一本書看，

"不！ 我不要！ 莫管我！"

"如果看看書，那就會高興的。 我給你一本罷。 你讀過果戈理(註)的'鼻子'没有？"

彼蒂加生起氣來：

"我沒有讀過什麼鼻子，也什麼鼻子都不要讀！ 走開去！"

這時跑來了別的孩子們，圍在彼蒂加坐着的窗臺旁邊了。他們聽着。 黑孩子說道：

"你要是這樣子…… 你眞是一個瘋子……"

"什麼？"

彼蒂加跳下窗臺來，他覺得正打着了心坎。

"什麼？ 你說什麼？ 我是一個瘋子？ 你才是瘋的哩，你這流氓！ 你知道你自己會遭到什麼嗎？…… 你就會掉了你的牙齒的。"

彼蒂加舉起了拳頭。 那黑孩子却笑着：

"不要這麼野罷！ 我不來和你打架！"

"噯哈！ 你乏！"

"是的，我乏。 乏是我的宗旨。"

註： Nikolai Gogol (1809-1852)，俄國有名的作家——譯者。

彼蒂加已經準備揮拳，但他又即垂下了。 他沒有敢打。 他垂着拳頭，踉踉蹌蹌的走了開去。 孩子們都在他後面笑，笑得最響的是獨隻眼畢塔珂夫。

他很傷心，哭起來了。他鑽在樓梯後面的一個角落裏，在那里一直坐到晚。 他沒有出來喫中飯。

到晚上，他才走到食堂來。 他喝了一杯茶，喫半磅麵包，於是去睡覺了。

彼蒂加做了一個夢。 他坐在市場裏的老媽媽菲克拉的攤子上，喫着肉。 是猪肉。 他大塊的塞進嘴裏去，吞下去，儘管喫下去，猪油從下巴一直流到小衫的領頭。 老菲克拉還是不住的給他搬來，說道：

"喫就是，喫呀，傻傢伙，儘你的量。"

她還擺出一盤蛋餅來。 彼蒂加也喫了一個蛋餅，還喝牛乳。他於是自己想：

"這筆賬怕不小了！"

他正要算賬，但菲克拉却已經說道：

"你喫了三盧布多了…… 你付這許多……"

彼蒂加站了起來：

"打我罷，菲克拉。 我沒有錢。 我一文也沒有。"

但菲克拉却道：

"你的錢怎麽了？ 拿出錢來罷。"

彼蒂加把手伸進袋子去，拉出一個鈔票包兒來。 是現貨的契爾伏內支。(註) 可有一百塊，他把四塊給了菲克拉。

"在這里…… 拿去……"

老菲克拉在他面前低下頭去幾乎要到地。 她謝他的闊綽。這一瞬間，又來了他一幫裏的伙伴們：刺蝟篰蒂加，牧師瓦西加，水手…… 大家都對他低頭，他就給每人一個契爾伏內支。 於是他跳到桌子上，叫喊道：

"唱呀！孩子們，唱呀！你們這些小子們！高高興興的……"

忽然出現了捲頭髮的警察。 他搖着皮夾，叫喊着：

"走！ 滾！"

註： Chervonez 是俄幣名，每一個值十盧布，現在約合中國二十元——譯者。

彼蒂加害怕起來，跑掉了。

他跑到街上，還只是跑。但長靴妨礙他。這很重…… 他在街角上一絆，落到陰溝裏去了。他落下去——也就醒轉來。

全身都是汗。蓋被落在地板上面了。枕頭離開頭，遠遠的躺着。好熱！擋不住！

從窗外照進月光來，靠近是黑孩子在打鼾。彼蒂加的頭上就叫着通風機：嘶嘶嘶——嘶嘶嘶。

彼蒂加拾起了蓋被，舒舒服服的蓋好了。然而他睡不着。他非常之傷心。

他想着各式各樣的事，首先是自由。他一想到他自由的生活，就連心也發抖來了。那通風機，却不住的在叫着：嘶嘶嘶——嘶嘶嘶。

牠追趕着各人的睡眠。

火車在外面遠遠的一聲叫。彼蒂加擡起身。

"唉唉，"他想。"車站上現在該是多麽有趣呢！墨斯科來的火車，此刻快要到了。我們這一伙一定也聚集了好許多。小子們就來掏空那些有錢的旅客的袋子…… 眞開心…… 我却獃子似的躺在乾乾淨淨的牀兒上……"

他用肘彎支起身子來，看一遍睡着的人，苦笑道：

"這些人們，怎麽竟會單在這里打熬下去的？…… 但他們打熬下去了。他們不想逃走……只是玩玩球兒，就夠得意了。”

他還是躺着。一身汗。睡不着。而那通風機在叫着：嘶嘶嘶——嘶嘶嘶。

忽然間，什麼地方有鐘聲。

是望火臺上在打鐘了：

蓬！

蒲——嗡！

蒲——烏——嗡！

“三點鐘！”他數着。忽然記得起錶來，因為忍耐不住，他發抖了。

“不行。我熬不下去了。去試一試罷……我也許弄出錶來……”

他悄悄的穿好衣服，想了一想，把蓋被聳起，令人以為裏面睡着一個人似的。而且把枕頭也擺成相稱的形式……

他用脚趾走到窗面前。拉起窗閂，開了窗。

新鮮的空氣向他撲過來。彼蒂加深深的呼吸着，從窗口向外望。

跳下去是危險的。這屋子在三層樓上。鋪石在下面發着亮。

然而靠牆裝着一枝水霤管。窗戶下面，有很狹的一條凸邊。水霤管離窗戶並不遠。

彼帶加鼓起勇氣來，爬到凸邊上，竭力的張開了兩腿，拚命的一撲，就抓住了水霤管。於是溜下去，這是極容易的玩藝。運動幾下，他就滑到堅實的地面上了。

他走開去。終於到了埋着那錶的位置，這位置，他是記的很明白的。然而中園的一面就是籬垣，約有十丈見方的地方，都滿堆着木材……要拿出錶來，可不是一件小事情。

"哪，"他想，"不算什麼。"

他在兩手上吐了唾沫，捧起第一枝樹幹來。牠是濕的，很重。

彼帶加把樹幹拋在旁邊，來捧第二枝……於是第三枝……到了二十枝，他已經上氣不接下氣了。然而他不放手。他儘向木頭堆裏挖下去，毫不打算，像土撥鼠一般的瞎做……他狂暴地從堆裏一枝一枝的拉出幹子來。

後來他抓了一枝很重的木頭，這就是躺在錶上面的。乏力的手，忽然鬆開了，嚇人的一聲響，那木頭就掉了下去。別的木頭也都倒下來了。

忽然起了嘷叫。現出一隻狗來。

彼蒂加嚇得連走也不會走了。

那狗嘷着，哼着，露着牙齒，眼睛閃閃的好像狼眼睛。

彼蒂加坐在木頭中間，抖着，拚命的想：這畜生叫什麼名字呢？他終於記起來了：

"區匿希！"他大聲說。"區匿希！ 回去！"

那狗立刻靜下來。牠搖搖尾巴，眼睛也不再發什麽光，也就跑掉了。

彼蒂加竭盡力量，奔向屋子去。他攀上水霤管，撲到了窗門，他幾乎要從凸邊上跌下來了。但是還算好的。他走進了寢室。

他找着自己的臥牀，坐下去，動手脫衣服。飛快地，飛快地。他抖得很厲害，他的牙齒格格的響。

長靴從手裏滑落了。黑孩子就給這響聲驚醒。他注視着彼蒂加，打着呵欠，問道：

"你到那里去的？"

彼蒂加吃吃的答道：

"上茅廁去的。"

"却要穿起長靴來？"

他不等回答，就又睡着了。

彼蒂加脫好衣服，鑽進蓋被裏，也立刻睡着了。

但在睡眠中，他全身還是在發抖。

一件難以相信的事情：彼蒂加生病了。

奇怪！ 他什麽都經歷過了的！ 向來就連一聲咳嗽也沒有。他雖然瘦，却沒有過胸脯痛。

去年還在十月裏，已經落霜的時候，他曾在河裏洗了浴，毫無毛病。他喫過種種髒東西，接連餓到幾禮拜。也毫無毛病。而現在，現在他却生病了。

彼蒂加生了很重的肺炎，躺在教養院的病房裏。

衛生課魯陀爾夫・凱爾烈支在看護他。

彼蒂加病了三禮拜。他失了知覺，在生死關頭躺了整整三禮拜。

然而他沒有死。他的生下來，並不是爲了來死的。他活出了。他又有了知覺。

在陰鬱的，昏暗的一天裏，他清醒了。外面在下雨。房裏有石炭酸氣。一切靜悄悄。

彼蒂加翻一個身，回憶了起來：

鐘打了蓬——蓬——蓬…… 區匿希嗶叫了。

於是也記得了許多別的事，而且明白他大約病得頗久了。

這時進來了魯陀爾夫・凱爾烈支。 他一看見彼蒂加又有精神又有命，高興得拍起手來：

"到底！ 到底你又有了性命了；你這可憐的傢伙！ 我全誠的祝賀你！ 好極！"

彼蒂加躺着，一笑也不笑。 他不開口。

"靜着罷，"魯陀爾夫・凱爾烈支說。 "你還不該說話。 你要靜養，喫…… 肉湯……"

他跑掉了。

他又立刻回轉來。 但不止他自己。 那黑孩子用洋鐵盤托着一盤湯。 他滿臉堆着笑。

"這眞厲害！ 賀賀你！"

他遞過肉湯來。

彼蒂加就喝起來。 很小心。 很慢。 黑孩子坐在他旁邊。他彎向他，在耳朵邊低聲說道：

"我要和你講幾句話。 要緊的。"

彼蒂加擡起頭：

"什麼呢？"

但魯陀爾夫・凱爾烈支來攔住了：

"沒有什麼。 病人應該安靜。 說話是不好的。 出去罷。讓他靜靜的喝湯。"

黑孩子站了起來。

“也沒有什麽事。 你保養着。 等你一有了力氣，再談罷……我還要來看你的。 再見!”

他走了。

彼蒂加躺着，並且想：

“他和我說什麽呢? 什麽要緊事?! 奇怪!”

但別的思想已經在他的頭裏湧起來了。 許多要緊的思想。

彼蒂加在想，他應該做什麽，先來什麽…… 逃走，或者……?

不，彼蒂加不是一個開了手，却又放手的角兒。 他已經計畫好，要拿回那錶來，那就停留着。 他得等候，有什麽損呢? 他就咬緊牙關，長久的等在教養院裏，到木材用盡。

總之，他等着了。 這之間，他的病也好起來了。

木材是一大堆，這簡直不但是用一兩月，倒是用一冬天，也許是兩冬天的。 然而他的決心很堅固。 他等着…… 他熬着。

他天天的好起來。 他已經可以在病房裏走動了。 他從這一角逛到那一角。 那自然是很無聊的。

他時常跑到窗口去，望望大街。 外面連雨了好多天了。 已經是八月。

有一天，黑孩子又來了。 他帶着一本書，和彼蒂加招呼過，就坐在牀上。

“無聊罷？ 我給你拿了一本書來。 很有趣的。 看看……”

彼蒂加搖手：

“我早就知道的，那是怎樣的書…… 政治的…… 啓蒙的…我用不着你們的政治書……”

“然而不是的。 這全不是政治的書。 政治的書你要到冬天開始授課的時候才讀呢。 這不過是一本有趣的閑書，如果你看完了，我再拿一本別的來。”

他把書放在牀邊的椅子上，又坐了一會，就走了。 彼蒂加躺着，睡去了。 到晚上，他才給送晚膳來的魯陀爾夫·凱爾烈支叫醒。

彼蒂加喫過後，又躺下了。 然而他睡不着。

他躺在牀上，眼睛避開電燈，看着蓋被。 他耐不下去了。 電燈使他焦躁了起來。

他去看地板。 這也並不見什麽有趣。

他忽然看見了椅子上的書，高興了：

“瞧一下罷。 橫豎無聊得很。”

那是一本磨破了的，看爛了的舊書，運氣的是有圖畫。 他首先就看圖畫。 開初是看得隨隨便便的，但逐漸的給牠迷住了。

在一幅圖畫上，看見一個犯人。

一條繩子縛着他的手和脚。 旁邊是一個守看人，帶着一把劍。

"這強盜是怎麼捉住的呢，"他想。

他翻着頁子，看起來了…… 永是看下去。然而他不大懂。因爲他不是從頭看起的。他就又從頭來看過。他立刻不能放手了，至於看了一整夜。

這是一本有趣的書！叫作"約斐尋父記。"(註) 講的是人怎樣的將一個小傢伙從藥店門口趕出。他就叫約斐。待到他長大了，就到遠地方去尋父。他怎麼的尋來尋去，做了種種冒險的事情。他怎樣的終於尋着了父親。那父親却已是一個大財主。他看見了自己的兒子，高興極了。於是送了約斐一件燕尾服……

彼蒂加一看完，還可惜這書只有這一點點。

黑孩子再來的時候，第一句問話就是：

"你帶着書來了？"

那黑孩子笑了起來：

"嗳哈！這中了你的意了？現在我沒有帶書來。以後我給你拿一本來罷。我是爲了別的事來的，要緊事情。我早想對你說的了，總是等着，等到你全好。現在是已經可以說話了。"

註："Japhet auf der Suche nach seinem Vater"大約是眞有這樣的一部書的，但譯者不知何人所作——譯者。

“好，說罷！”彼蒂加說，一面想道：“這倒是很願意知道的！”

“你坐！”彼蒂加坐在牀上。

黑孩子也坐下來。 他看着彼蒂加的眼睛，說道：

“你還記得，那一回，在夜裏，你生起病來的前一夜裏……？你在夜裏到那里去了？”

彼蒂加喫了一驚。 窘得閉了眼。 臉也紅起來。

“我已經記不起了…… 恐怕我什麼地方也沒有去。 為什麼你問起這來的？”

“因為這呀。 我要統統告訴你。 你知道畢塔珂夫的罷？”

彼蒂加記得了：

“那個獨隻眼？”

“對…… 你和他打過架的…… 總之，這畢塔珂夫是已經不在教養院裏了。 懂麼？”

彼蒂加沒有懂。

“那就怎樣？ 這算什麼？ 他出去了，我可很高興。 那麼誰也不受他的麻煩了……"

"是的。 但這事情，是你的錯處。 他的進了感化院，進了少年監獄，是你有錯處的。"

"爲什麼呀?"

"爲了木頭，他就到這地步了。"

彼蒂加飛紅了臉，至於熱起來。

"什麼木頭?" 他問，但不敢去看這伙伴的眼睛。

"這你自己知道…… 事情是這樣的：畢塔珂夫是早在偷那木頭的了。 他把這去賣給市外的烏克蘭那的女人。 人捉着了他。 第一回是只喫了一頓譴責完事。 他起誓，決不再幹了。然而又來了這樣的一個故事。 那一夜裏，把三方丈的木頭弄得亂七八糟。 我是知道誰做的，但畢塔珂夫却受了嫌疑…… 所以現在他關在感化院，牢監裏了…… 雖然並不是他，錯的倒是你……"

他不說了，只凝視着彼蒂加。 彼蒂加也沒有否認的勇氣。他等着，等那伙伴說下去。 於是那伙伴道：

"你應該承招，說你偷了木頭，不是畢塔珂夫……"

"什麼? 偷了? 我沒有偷! 滾出去……"

"是的，是的。 那時你在中園低聲說話，又爲什麼呢?"

彼蒂加找不着回答。 關於錶，他是不能說出來的!

“我不過單把木頭搗亂了一通。使勁的……”

伙伴微笑着:

“這沒有什麼關係。如果眞的是這樣,你就更運氣了。然而你應該告訴院長去。”

“胡說!我可沒有這麼昏呢。我得去告發我自己?這麼昏我還不……”

那伙伴主張道:

“自己去告發,那自然是傻的。但如果爲了你的錯處,一個伙伴要完結了……你可以賣掉一個伙伴麼?”

“不!”彼蒂加叫道。“不!我不是一個出賣伙伴的人。我們這幫裏都知道。爲了一個伙伴,我總是走上前的!”

“那麼,總之,就到菲陀爾·伊凡諾維支那里去,直爽的說一說:這事情是如此如此的。我搗亂了一通木頭。對於你,這並不要緊。至多是得到一番譴責。但畢塔珂夫可是得救了。關在牢監裏,他就完……總之,你這麼辦罷。”

彼蒂加點點頭。

“可以。好的。其實,這在我都是一樣的。即使我下了牢監……我也不怕。”

彼蒂加頭眩了。當伙伴回去了之後,他還躺着,並且想:

“但如果爲了一件這樣的事,就眞要下牢監呢?那就完結。

那就我再不看見那錶了……”

這使他很興奮。他在猶豫。他該去見菲陀爾·伊凡諾維支，還是不去呢？

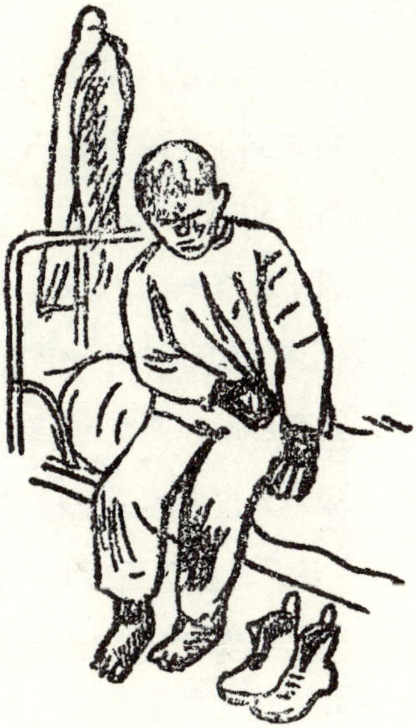

左思右想了許多工夫，他決定了：

“去罷。不該使這傢伙永不翻身。雖然他也很討厭。他究竟是我的伙伴……”

第二天早晨，他慢慢的穿好衣服，等着魯陀爾夫·凱爾烈支。他一到，彼蒂加說道：

“請您允許我，我要去見院長。我要和他說話。”

“爲什麼？你對他有什麼話說呢？有誰欺侮了你？我有什麼對不起你？也許我給你喫得太少了？”

“不是的。你塡得我像一隻肥鵝。我還該謝謝你的。並沒有人欺侮我。我要和院長去說話是爲了一件要緊的事情。”

“可以可以。如果你要去，去就是。但不要太久。你還得保養呢。”

彼蒂加歎息了。

"我什麼時候回來呢，我不知道。也許永不回來了。您保重罷。"

他又歎息了一回，於是去找菲陀爾·伊凡諾維支去了。

他走到了他的小屋子。然而他不在。他在經理課，爲了什麼經濟上的事情。

屋子裏有一個人。拿一個大皮夾。穿着美國式的長靴。這人也在等候菲陀爾·伊凡諾維支。他坐着，咬着自己的指甲。

彼蒂加站在門口，在等候。

那拿大皮夾的人把指甲咬個不住。

"這是什麼昏蛋呀？"彼蒂加自己問。"他到這里來幹什麼的？也許是共同組合派他來收食品的錢的罷？或者也許是一個技師？……"

菲陀爾·伊凡諾維支總算回來了。

彼蒂加迎上去。

"日安，菲陀爾·伊凡諾維支！"

"阿呀！"菲陀爾·伊凡諾維支叫了起來。"全好了？唔……好極好極。"

但他立刻轉向那拿着大皮夾的人去：

"日安。有什麼見教呢？"

那人緩緩的說道：

“日安。我是從少年感化院來的。為了喬治·畢塔珂夫。這事情是…… 昨天夜裏，畢塔珂夫從感化院逃走了。”

彼蒂加的心翻起筋斗來。一陣思想的旋風，在他的頭裏掠過。兩個人的談話，他幾乎聽不進去了。他發熱似的想着：

“我應該告訴他，還是不呢？”

菲陀爾·伊凡諾維支已經在和咬斷指甲握手，並且說道：

“紙請到辦公室裏去拿罷。唔…… 再見再見……”

於是向着彼蒂加：

“哪？你怎麼了？你什麼事？”

彼蒂加紅了起來。

“我來找你，”他吞吞吐吐的說。……“您可有給我看看的書沒有？”

“唔？…… 書？…… 有的有的。我有你看的各色各樣的書……”

菲陀爾·伊凡諾維支開開了一個書櫥。

“你找罷。要的就儘拿去。”

彼蒂加從書櫥裏選出一大堆書來。小的和大的，插圖的和沒有的。他把這些書拿到病房去，看了一禮拜。這給他抵制了無聊。

總之，他沒有發表自己的錯處。這已經全沒有什麼意思了。

黑孩子問他道：

“怎樣？ 你見過菲陀爾·伊凡諾維支了？”

他回答道“是”，滿臉通紅。

“這很好。 你是一個脚色。 瞧罷，你就要全好了。”

他友愛地拍拍他的肩頭。

羞恥征服了彼蒂加。 他轉臉對了窗口。

他終於出了病房。 授課也就開始了。 他經過簡單的考試之後，編在B級裏。 全是小孩子。

這自然是沒面子，不舒服的。

當那黑孩子和別人學着分數以及這一類東西的時候，他只好和小孩子混在一起拚字母：

“賽沙和瑪沙散步去了，而且瑪沙和賽沙散步去了。”

這是很沒面子的。

有一回，彼蒂加去找黑孩子，他叫米羅諾夫，問他道：

“我不能也到你們這級裏去麽？”

“不成。 這是不行的，朋友。 你程度太差了。 但如果你有很大的志向，那就會趕上我們所有的學科。 那你就到我們這里來了。”

“我就是差這一點呀。 你們的學科，許多是我要學的。 但是辦不到。 我不想了！”

他於是又和小娃娃們混在一起拼字母：

“賽沙和瑪沙散步去了，而且瑪沙和賽沙散步去了。”

有一天，可是出了一點很討厭的事情。

有家屬的孩子們，禮拜六晚是一個好日子。 在克拉拉·札德庚教養院裏，禮拜六晚是歸休日，也是來訪日。 許多媽媽和爸爸們，帶着紙袋子和包裹，都跑來了。 紙袋子裏是各種喫的東西，大概是：餅乾，白麵包，蘋果等等。

來看彼蒂加的自然沒有人。 來看米羅諾夫的，是一個姑母從諾伏契爾·凱斯克跑來了兩趟。 她每一趟總給他一個盧布。 彼蒂加却全沒有什麽堂表兄弟，沒有姑母。

但有一天，當值的學生進來了，叫他的名字。

“有人來看你！”

彼蒂加笑起來：

“不要開玩笑罷！ 不要當我傻子罷！”

"眞的!"那値日生說。他是第一級的茀倫開爾。"我不騙人。有人來找你了。你自己去看去。"

彼蒂加跳起來，跑了出去。

"胡說白道! 誰會來看我呢?"

他跑到客廳。裏面是一大羣人，爸爸們，媽媽們和他們的孩子們。說着。笑着。

彼蒂加停在門口，往客廳里望進去，找尋着。他伸長了頸子。

這時候，市民庫兌耶爾顛頭簸腦的，踉踉蹌蹌的向他走來了。

彼蒂加臉色發青了，逃出了門口。然而庫兌耶爾已經走近他。遠遠地就發着燒酒氣。

"日安，小寶寶! 日安，我的心肝! 我來了…… 我來了…我要來看你……"

他想去擁抱他。這時又踉蹌了…… 受不住的燒酒氣……別人都皺着眉，避了開去。

彼蒂加低聲問道:

"您有什麼事?"

"我來看你的，"庫兌耶爾回答說。他的聲音又是深的沙聲了。"我來看你的。我給你帶了東西來了。乳酪糖球……"

庫兌耶爾摸着袋子，拉出一個齷齪的紙包來。裏面是幾個乳酪糖球。都稀爛，骯髒了。

他就遞給彼蒂加：

“在這里，拿呀！”

彼蒂加不肯收：

“我不要！ 請您走罷！”

他的手推了一下庫兒耶爾的前胸。 那人就不要面子了：

“什麽？ 叫我走？ 你把錶還我不？ ……你這賊胚的你！”

他又突然大叫起來：

“太太們！ 好人們！ 幫幫忙呀！ 這流氓搶了我的錶！ 偷了錶去了！ 太太們！”

他把糖球向彼蒂加的臉上擲過來，正中了眼睛。

彼蒂加按着眼，跑出客廳去，正撞着了菲陀爾・伊凡諾維支。

“什麽呀？ 出了什麽事？”

這時客廳裏的人們也很受了擾動，從各方面圍住了庫兒耶爾。

庫兒耶爾在撒野，用肚子拱開着人們，放聲大叫道：

“太太們！ 人搶了我了！ 人扒了我了！”

“這究竟是怎麽一回事？”菲陀爾・伊凡諾維支問道。“這人在說誰呀？”

“在說我”彼蒂加說，順下了眼睛。“他是來看我的。 是我的伯父。 從瘋人院裏出來的。 請您不要再放他進來了罷！”

市民庫兒耶爾被趕走了。 他叫喊，咒駡，向四面亂打。 但大家終於把他拖出去了……

從此彼蒂加很消沉。 他又想起了錶。 自從忙於校課以來，他是幾乎已經忘却了的。 但現在可又記得起來了。

他時常到中園裏去看木頭。 木頭還有一大堆，這一大堆，使他不能走到埋錶的地點去。

他悲傷。 他歎息。 但他自解道：

"木頭還不算最壞哩。 木頭還是小事情。 人也可以在這地方造起一座五層樓來的。"

這想頭，使他暫時輕鬆了一下。

這之間，一天一天的冷起來。 已經是秋天了。

有一天，下雪了。 很大的雪，一直積到膝彎。 中園全被雪蓋滿了。 不帶雪鏟，就走不過，

喫飯的時候，菲陀爾·伊凡諾維支走進食堂來，並且說：

"冬天了，孩子們！"

大家都拍起手來，叫道：

"冬天哩！ 冬天哩！"

菲陀爾·伊凡諾維支在食堂裏走了幾轉，於是站下來：

"唔。 冬天是到了。 木頭堆在中園裏，空地裏。 但是你們可也知道呢？ 木頭在空地裏，是要糟的。 如果我們能夠把牠搬

進棚屋子裏去，那就好。你們以爲怎麼呀？我們不要組織一個勞動日麼？”

“是的，是的！很好！呼爾啦！”大家都拍起手來。

彼蒂加叫得最多，也拍得最多。

他是火和餤。

剛剛喫完飯，他就叫道：

“動手罷！做工去！”

他從桌子旁跳開來。

“做工呵！”孩子們都叫喊着。

大家趕忙的準備好，跑到中園裏。跨過了潔白的雪，走向木材去。

他們動手來拉木材了。每三個人拉一棵，累得吁吁的喘氣。在這里，彼蒂加也比大家更使勁。他跑來跑去，指揮着：

“排成一串！一個挨一個！那就做得快了。”

孩子們排了一長串，從堆着木頭的地方直到棚屋子，於是工作順當了。 樹幹子從這一隻手到那一隻手的傳遞了過去。 一，二。 一，二。 響動得好像一部機器。

彼蒂加只是興奮了起來：

“做呀！ 上緊！”

大家都詫異了：

“他怎麼了？ 多麼拚命呀！”

工作輕便地做下去了。 棚屋子裏的木堆，一分鐘一分鐘的增大起來。

不多工夫，在棚屋子裏的人，就大聲通知那一頭的人道：

“完了！ 放不下了！”

彼蒂加驚怪道：

“怎麼完了呢？”

他跑到棚屋子那里去…… 一點不錯…… 滿滿的堆到門口了…… 連一棵樹幹子也再也放不下了……

他一聲不響的站着，中園裏還滿堆着木材。 大約還剩兩方丈的樣子。

菲陀爾·伊凡諾維支出現了：

“隨牠去罷。 唔…… 可以了…… 這木頭我們夠燒一冬天了…… 多謝得很，孩子們！”

他拍着彼蒂加的肩頭：

“我謝謝你的出力！”

彼蒂加絶望的轉過了臉去……　傷心！

晚上開起“級議”，學級會議來　是全體學生們的集會。議事項目中，有着經濟事務負責者的選舉。米羅諾夫發言了，推舉了彼蒂加。

“就爲了這緣故，”他說。他是一個積極的脚色，也是一個能幹的勞動者。他怎樣老練地指導了搬柴，是今天你們親自看見的。總而言之，勞動日的很順當，就因爲他把你們組織得很好的緣故。”

彼蒂加被選上了。

於是他就這樣的成了經濟事務負責者。

開初，他自己覺得很好笑。

他商人似的帶着鑰匙。上衣袋裏一本雜記簿。一枝繫着繩子的鉛筆。一件白圍身……

他這樣的走來走去，不知道該做什麼事。他究竟是做什麼的呢？

那回答，他立刻聽到了。他有很多的工作，使他幾乎忙不過來。一下子這件事，一下子那件事。一下子那邊去，一下子這邊去。在一個“不夠格的”教養院裏，工作眞也多得很。

日子飛跑過去了。

總有孩子們從背後叫着他：

"彼蒂加·華來德！ 中飯的麵條！"

"彼蒂加·華來德！ 肥皂！"

"彼蒂加·華來德！ 小衫褲！"

"彼蒂加·華來德！ 白麵包！"

"我們要柴，彼蒂加同志！"

他收進東西來，付出去，分開來。他不停的用鉛筆寫在藍的雜記簿子上。

一個精明幹練的孩子！ 想不到的！

他很不節省木頭。他最高與付出柴木去。

一捆？ 可以的！ 許要兩捆罷？ 可以可以！

克拉拉·札德庚教養院裏，從來沒有這麼暖和過。 到處都熱，竟好像蒸汽浴場似的。

小娃兒們在授課時，是一心一意的拚字母：

"賽沙和瑪沙散步去了，而且瑪沙和賽沙散步去了。賽沙和瑪沙。 瑪沙和賽沙。"

但彼蒂加却咬着那用短了的可憐的鉛筆頭，在看他的雜記本，流着汗：

"四分之三磅和四分之一，再是半磅和八分之五磅…… 一共呢?”

他現在非算不可了。這和“賽沙和瑪沙”是不同的。這是分數！分數是在G級裏教的。米羅諾夫就在那級裏。彼蒂加拉住了米羅諾夫，對他說道：

“你聽着！我要到你們那一級裏去。別的並沒有什麼。我負責趕上你們的一切學科就是了。但是你得幫助我。”

“好的。我很願意幫助你。”

他和米羅諾夫一同用起功來，而且進步得很快，到新年，已經趕上“G”級了。

他升了級，現在是和米羅諾夫在一起了，

這回可是出了新的討厭的事情。

是三月裏，在巴黎公社的日子。

冬天的紅日，清朗的在發光，雪在脚底下索索地響。

這一天，克拉拉・札德庚的“不夠格的”孩子們，都排隊進向市公園裏的革命犧牲者的墳頭去。

滿是快活的聲音。大家笑着。大家唱着：

“弟兄們呀，向光明去，向自由去……”

彼蒂加和別人一同唱着，笑着。

他們快要走到市公園的時候，對面來了一個喝醉的人。他走得踉踉蹌蹌，兩手在空中亂撲，用沙聲怪叫道：

“弟兄們，向自……”

孩子們不笑了。他們拋過雪團去。彼蒂加認識他。是市民庫兌耶爾！

他喫了一驚，躲在一個伙伴的背後。他彎下了身子 用手套遮起臉來。

孩子們把這醉漢推來推去，而且用雪打在他臉上。庫兌耶爾呻吟，掙扎，旋轉着紅鼻子。

彼蒂加忽然對這醉漢起了同情了。怎麼會起的呢，他自己也不知道。他從隊伍裏跳出來，叫道：

“喂！住手罷！”

孩子們不笑了，離開了那人。

但庫兌耶爾却認識彼蒂加的，怒吼道：

“你這流氓！你偷了我的錢！”

彼蒂加前進了，垂着頭。大家都奇怪他不再

一同唱。

但是，羞恥正在苦惱他。他羞恥自己偷了醉漢的錢。

他自己詫異：這是怎麽一回事呢？怎麽會羞恥的？…… 他自己也不明白。

然而時光是不停留的。雪化去了。中園裏的木堆也和雪一同化去了。

有一天，他去看木材的時候，知道不過還剩一方丈零二尺。

他喫了一驚。

"阿，就要完了。也就是就可以掘出來了！"

就在這一天，他在廊下遇見了菲陀爾·伊凡諾維支，說道：

"就要到春天了，菲陀爾·伊凡諾維支。暖起來了。教室的火爐可以停止了罷？"

"唔…… 是的…… 恐怕這也眞的是多餘了的。"

彼蒂加儉省起木材來。他很吝嗇。只還肯把木材付給廚房和浴室。

每一棵，每一片，他都計算。

學校裏都覺得希奇了。

米羅諾夫得了諾伏契爾凱斯克的姑母送給他的三盧布。這是凱爾週。(註一) 他對彼蒂加說：

"派崙禮拜日(註二)，我們出去罷？慢慢的閒逛牠一回，好麼？"

到禮拜天，他們從菲陀爾·伊凡諾維支那里得到允許，出去了。往復活節市集去。

天氣很暖和。雪化了。人們在年市裏都很高興，歡笑，吵鬧，挨擠。奏着音樂。

到處都賣着甜食：小餅，蛋片，土耳其蜜……

米羅諾夫樣樣都買一點，並且分給彼蒂加。

他們這樣的在稀溼的街上逛來逛去，一直到晚上。燈光多起來了。音樂更加響起來，那環游機(註三)也開始旋轉了。

米羅諾夫說：

"我們坐坐環游機罷？"

"這有什麼意思呢？我們倒不如買甜豌豆。"

"那也要買，"米羅諾夫回答道。

註一：Karlwoche，耶穌復活節前的一禮拜——譯者。

註二：Palmsonntag，耶穌復活節前的禮拜日——譯者。

註三：Karussell 是一種旋轉裝置，備有小型的木馬，馬車，汽車，船等，可以給游客坐上去，旋轉起來，以供娛樂——譯者。

"好罷。但不要坐船！我們騎馬！"

當環游機停了下來的時候，人們就擁過去爭坐位。只有小船裏還有四個坐位是空的。兩個女孩子坐上去了。別的兩個却空着。

"上去！剛好！"米羅諾夫說。"都一樣的！"

彼蒂加只得依從。他上去了。

音樂奏了起來，船也幌蕩起來了。愈轉愈快。愈轉愈兇。路燈，看客的白臉孔，都在打旋子…… 很有趣！

他們除下帽子來，揮着。對面的女孩子在叫着。

一個較大，紅頭髮，總在睞眼睛。別一個是小一點的，金黃頭髮，縋住了大的一個，在叫：

"阿唷！阿呀！"

他們看得開心，就來作弄她們了：

"沒用的小囡！"米羅諾夫叫道。

"沒膽的兎子！"彼蒂加叫道。

女孩子們也回駡道：

"自己才是沒膽的兎子哩！"

他們還笑起來，裝着鬼臉。

環游機停住了，女孩子們跳下小船去。他們也跳了下去。米羅諾夫對彼蒂加說：

"我們和她們開玩笑去。"

"怎樣開呢?"

但米羅諾夫已經追上了女孩子，彷彿一個到了年紀的人似的說道:

"請問，可以認識認識小姐們麽?"

那大的，總在睒着眼睛的那一個，說:

"請。我們很喜歡。"

彼蒂加不說話。金頭髮也不說話。

他們一同往前走。兩個一排。米羅諾夫和紅頭髮;彼蒂加和金頭髮。米羅諾夫買了葵花子來，分給女孩子。他把話講個不停，還說些笑話。彼蒂加却不知道他應該和金頭髮說些什麽話。她是安靜，正經，像一隻鳥兒似的吐出葵花子的空殼來。

他終於問道:

"您爲什麽這麽板板的?您在想什麽?"

"想各式各樣的事情。"她微笑着。"您在想什麽?"

彼蒂加回答說，他也在想各式各樣的事情。於是問她叫什麽名字。

"那泰沙。"

"我叫彼得……"

這樣子，就漸漸的談起話來了。

而且那泰沙也笑起來。　而且她現在葵花子也磕得更有精神了。

彼蒂加問道：

“那泰沙，您會溜冰麽？”

“溜冰？　夏天？　哈哈哈！　這一冬我是常常溜冰的……　這很有趣。我們的家的對面就是市立溜冰場呀。”

“那麽，您住在那里呢？”

“那邊……”

她立刻非常之窘：

“那邊……　離這里並不遠。”

她問道：

“您呢？”

“我？”

這回是輪到他窘了：

“我……　在一個少年教養院……”

“那里的呢？”

“在那不夠高的(註)……”

“不夠高的？　這是怎樣的？”

"這是有點特別的。 尤其是收着平常孩子的……"

"收着孤兒?"

"對啦。 收着孤兒。"

"您是——?"

"是的。 我父母都沒有了。 連姑母也沒有…… 您呢?"

"我? 我有一個父親…… 那就是…… 唔……"

那泰沙滿臉通紅了。

"這是怎麽的呢?" 彼蒂加想。

他詫異起來。

他們再往前走。

他們這樣地逛了一整夜。 喫完了足兩磅葵花子。

到了已經黎明,燈光都滅,月亮升在空中的時候。

女孩子們擔心了起來:

"我們該回家去……"

他們作了別,走散了。

在回教養院去的途中,米羅諾夫和彼蒂加儘是談着女孩子:

"温和的娃兒呵……"

他們敲了許多工夫門。 牆壁後面的什麽地方嗥着區匿希,響

註: "不夠格' 這句話的含胡音——譯者。

着牠的鐵鍊。 好容易，細眼睛門房的伊凡總算出來了，開了門。他打着呵欠，駡着。

當他們走過中園時，米羅諾夫注意道：

“瞧罷！ 木頭都完了…… 好極！ 現在又可以玩球了。”

彼蒂加望了一望。 眞的！ 木頭搬空了！ 從中園的這一角到那一角，都空了。

“不錯！”他說。“現在又可以玩球了！”

他一整夜沒有睡覺。 他在左思右想。 清晨一早，他就穿好衣服，跑到中園去。

天還冷，有霧。 發着新鮮的泥土氣。 牆壁外面，喜鵲在白楊樹上吵嚷。

他打着寒噤。 他悄悄的走近籬垣去，望一望樓窗。 玻璃顯出淡紅色，微微的發閃，好像小河裏的水。 窗門後面是一點響動也沒有。

他沿着籬垣，找尋那木棒。 木棒已經沒有了。 到處散着木片和樹皮。

木棒不見了。 但錢的位置，他是很容易找出來的。

他站在籬垣旁邊，推測道：

“這里是教員坐着看書的。 那里是孩子們在玩的。 這里是我……”

他向周圍一看，蹲了下去，用一枝木棒掘起泥土來。 他掘成一個深到肘彎的洞，就伸進手去。 不錯：他的指頭觸着了一個滑滑的小包。

他連忙把牠掏出，揑在手裏，站了起來。 用木片塡好了洞，跑進屋子裏去了。

他坐在迴廊裏的一個窗臺上。 定了神，打開那布片。

經過了很久的時光，金子却依然沒有鏽。 恰如那時一樣，太陽一般地在他的手裏發光。 然而他覺得這錶變小了。 變輕了…很輕…… 奇怪。

他在思索，驚奇。

他把錶放在耳朶邊。 沒有聲響。 他開開了錶蓋。 不走了。

指針停在八點二十分前的地方。

這更奇怪了。

"這怎麼能呢?"他想。"經過這麼多的時光。 過了一整年了，這錶却還走不到一個鐘頭麼?"

太陽忽然射進玻璃來。 他喫了一驚，把錶塞在袋子裏。

牠却一下子變得重了。 牠墜下袋子去，還貼着他的腿。

彼蒂加走過迴廊去。 和他迎面來了魯陀爾夫·凱爾烈支。他微笑着。 太陽照在他的白的罩衫上。 他手裏拿着一個火鉗。

"嗳!"他說。"晨安! 同去罷，生火爐去! 你可以麼."

“不成！ 我得到經濟處去——稱麵包。”

他走進了經濟處。

彼蒂加然而沒有逃。 不逃了…… 去年的夏天 他也曾夢想過。 但現在…… 現在是完全兩樣了。

在他頭裏的，現在已經是別樣的東西。 這至多不過使他覺得奇特：逃走麼？ 爲什麼呀？ 那里去呢？

然而錶是在的。 他到底眞的得到該死的寶貝了。

這總得定一個結局。

他天天把錶裝在袋子裏，不住的在思索：怎麼辦呢？

他想索性抛掉牠。 但這太糟塌了。 還給庫兌耶爾罷？ 但他住在那里呢？ 再也看不見他了。 好像消在土裏了。

各種的思想在苦惱他，而袋子裏是裝着這討厭的傢伙。

在盛夏中，屋頂要油漆一下。

菲陀爾·伊凡諾維支叫了彼蒂加去，說道：

“請你上李寧大街去，到市立顏料店裏買了綠的顏料來。”

他交給他錢，彼蒂加出去了。

他走過市場旁邊。 想到了先前的時候。 想到了各種的事迹：扒來的重要物件，蛋餅，青魚。

他忽然聽到一聲哨子。 人們在奔跑。

他們跑向市場的中間，一面猛烈的叫道：

"捉賊！ 抓住他！"

彼蒂加也夾着跑過去。在追誰呢，他現在能夠看見了。是一個萬分齷齪的少年。當這少年拚命飛跑，突然轉彎的時候，彼蒂加看到了蒙着的一隻眼。

"畢塔珂夫！" 畢塔珂夫跑得更快了。

他是一個出色的飛脚。所有的人們立刻落在後面了，只有彼蒂加還是跟住他。

彼蒂加叫道：

"畢——塔——珂夫！" 終於追着了。

他抓住了他的肩頭：

"站住！ 對我，你不跑罷！"

畢塔珂夫回轉來，一拳頭打在他的胸膛上。

"昏蛋！" 彼蒂加叫道，"昏蛋！ 不要打！"

畢塔珂夫跳後一步，注視着彼蒂加。他全身在發抖。

彼蒂加說道：

"哪？ 你不認識我？"

"不，" 畢塔珂夫喘着氣。

"在教養院裏。 你不記得？"

"哦！ 現在我知道了。 是那飯桶！"

他又走了。 他為了疲乏，顫抖着。

彼蒂加堅韌的跟着他。

“你還記得木頭的事情麼?”

“木頭?…… 哦哦，我知道…… 怎麽樣呢?”

他又走了。 總是繞彎，走着很狹的小街…… 他想跑到市外去。

彼蒂加不倦的跟着他。

“畢塔珂夫!”

“什麽事?”

“畢塔珂夫，停下來! 不要這麽跑。”

畢塔珂夫站住了。 他屏住了呼吸。

“呸…… 鬼! 什麽事?”

“你記得木頭麽?”

“記得的。 怎麽樣呢?”

“你在怪我不好麽?”

“為什麽呀?”

“原諒我罷。 這全是我的罪過。 我都裝在你身上了……。”

於是他講述了木頭的事情。畢塔珂夫大笑起來了。他笑得至於繃帶從眼睛上滑下來。

"昏蛋!"他說。"孱頭! 什麼叫作你的罪過? 我確是的…那一回,我在夜裏是弄了十七棵木頭給市外的娘兒們的……"

"你撒謊!"彼蒂加喝道。"你騙人! 你眞的幹了的?"

"自然。十七棵樹幹子! 你在怎麼想呀? 你以爲我是無緣無故,進了感化院的罷? 爲什麼呢? 不過看起來好像是這樣……"

彼蒂加驚奇得幾乎莫名其妙了。

"你全不怨恨這事罷? 你願意回到教養院去麼?"

畢塔珂夫微笑了一下。他於是鄭重其事的說道:

"不行的,我的乖乖。我坐過監牢了。有誰坐過一回監,就永遠不能進小孩子們的教養院去的。你懂了沒有?"

他敲幾下彼蒂加的前額 又踉踉蹌蹌的走了。

他突然回轉身。臉色發了青,兇猛地向彼蒂加奔過來。他的眼睛在發閃。

彼蒂加平靜的站着。他的想頭是潔白的。

"什麼事呀?"他問。

"那個東西!"畢塔珂夫說着,向他逼近了。"拿出錶來!"他在他的胸膛上給了很重的一下。

"什麼?!"彼蒂加幾乎要倒下去。他踉蹌了。他的眼前,所有的東西都打起旋子來，籬垣呀，路燈呀，房屋和畢塔珂夫呀。他的舌頭也不靈了。

“哪？”畢塔珂夫重複說。“不懂麼？ 拿出錶來！”

“什麼錶？”彼蒂加吃着嘴。“錶？”

“你明白的！”畢塔珂夫更加逼近了他，很快的說道：“你以爲我不知道？ 哼，我的乖乖，我都知道。 庫兒耶爾都對我講過了…我們在監牢裏，同住了半年。 是的，是的。 他至今還坐在那里，因爲鬧酒。 我都知道。 拿出錶來！ 懂麼？”

他立刻用一隻手抓住了他的前胸，別一隻手揑他的咽喉，低聲說道：

“聽不聽？ 拿出錶來！ 不要玩花樣…… 要不然…… 拿出來！……”

他緊緊的揑住了彼蒂加的咽喉，汚穢的拳頭擱在鼻子上。

彼蒂加揑住着袋子。 他摸着。 他想拿出錶來了。 他很着急。 竟不能立刻取出那錶來。

忽然一陣叫喊，吹哨，呼喚，脚步聲。 街角上來了一個警察，跟着市場女人和一大羣的人。

“嗳哈！”他們叫道。“他在這里！ 抓住他！”

大家都奔向畢塔珂夫來。 抓住了他的領頭。 他被捕了。

“他在這里！ 這賊！”

彼蒂加走掉了。

於是走向市立顏料店去。他又得經過那市場。他又穿過那些賣着蛋餅和青魚，發着麵粉和蔬菜氣味的成排的攤子。他悲哀地走過去。袋子裏的錶，逼得他很兇。

"我的天！我把這東西怎麼辦呢？爲什麼我該把這晦氣東西裝在袋子裏，帶來帶去的呢？"

周圍是喧囂和嘈雜。太陽照在市場的熱鬧光景上。人們湧向攤子去。鳥兒在籠子裏釀成怕人的喧囂。叫化子嚷着歌曲。

一切都很快活！

然而彼蒂加不快活。太陽和唱歌的叫化子，都不能使他高興了起來。他悲哀地走過市場去。

他忽然看見了一個女孩子。她站在兩個攤子的中間，有一點東西拿在她手裏。

她在請求一個高身材的，帶着眼鏡的人。

那泰沙！這那泰沙，是在派

崙禮拜日和他一同逛過的！ 這金黃頭髮的娃兒，正在請求那人買她的什麽。

那人嘮叨着，走掉了。

"那泰沙，日安！" 彼蒂加叫道。 "你在這里賣什麽呀？"

她抬起眼睛來，喫了一嚇，把東西藏在袋裏了。

"爲什麽這樣的？ 你爲什麽發急？ 你怕麽？ 恐怕你賣的是什麽偷來的東西罷？"

"不的。 這不是偷來的。"

"那麽，爲什麽藏起來呢？ 給我看！"

"不的。 這和你不相干。"

"拿出來。 我要看看呢。"

"不！"

"嚄哈！ 那就是偷來的了！ 你在浴場裏偷了一個刷子，或是什麽地方的一打別針了！ 不是麽？"

那泰沙不答話。

"或者是你那死了的祖母扒來的襪子…… 是不是？ 或者是你的老爸爸搶來的罷？ 唔"？

那泰沙臉紅了。 她快要哭出來，說道：

"這全不是偷來的。 他寄給我一封信，叫我賣掉的。 我就得來賣。 看就是了。 我沒有偷。"

她向他伸出手來。一條銀鍊子！鍊子上掛着掛件。小小的象和狗兒，在瑟瑟索索的作響。中間拖着一個梨子形的綠玉。

彼蒂加覺得，在他脚下的地面好像搖動了起來。他快要跌倒了。他跑了許多工夫，原已疲倦了的。畢塔珂夫又在胸膛上給了他沉重的一擊。而現在鍊子又在這里了，一個人怎麽能受得這許多呢！他拿過鍊子來，定睛的看着。五分或是六分鐘。

於是他去掏袋子，拉出那錶來。用了忙亂的手指，把錶掛在鍊子上，遞給那泰沙。

“喂！拿罷！”

那泰沙喫驚得叫起來，連忙接了錶。彼蒂加就回轉身，跑過了喧嚷的市場。過了橋。過了廣場。到了街上。

他跑着，頭也不回。

到市立顏料店了。買了綠顏料。